一笔一划 诗九十九

冷冰川 著

广西师范大学出版社·桂林

南通医学院附属医院妇产科

◀新生婴儿记录卡▶

母亲姓名		父亲姓名		母亲门诊号	
姓名				性别	男
出生	61年2月7日0时40分		出院日期		
体重	3150克			体重	
身长	3.5吋			身长	
备注				脐带	

院址：西寺路30号

60.9.印1000张

冰川素描

你每一頁都厚似像字典。

永遠永遠翻不完你的頁數。

你誰都不像。

是悟妄從下口。

你沒慈誰另誰都不怕。

你沒天敵，

而你的天無邊的大。

黃永玉 九十九歲
二〇二三年四月

荷兰的心

冷冰川

我实在说不出写诗的事情。四十年来从未发表、从未与人讨论过诗,这种感性格命、多少多少瑕疵和骄傲的人情味,写好了,也不是艺术。

我实际上也不擅长用笔来转达、思考,因为我的头脑常常不明白我的手写下的东西。我"随手"跌下去,阳光鸟语花草明亮,我会很快活地唤出一身一心一生的无知和羞愧;这么欢心的吵闹,又不能换一个。

本来诗集名"荷兰的心",是念起我到荷兰第一个冬季想死的日子。绝望的字句匆忙、煎熬,三十年后读起来竟是醍醐的快感。直白的快感像童年,有的是时间让我想起从前穷困的日子有糊涂伟大的情趣。——我从来没能富裕过,所以好。

我在荷兰被迫擢炼单纯和负能的东西,这可能是我最难让人理解的天真诗意。一个艺人在十分诚恳地用心工作时,即等于为全数性灵服务了。"全数性灵",这看起来很忙,又笨。怎么笨到真的去说出来呢? 想起就难受。——没关系,我们有不同的天性、纯真、理解力和教养……其实有没有也没有什么。有谁想说出卑微的陶醉呢? 卑微从不想客观、真情地呈现,因为它就是你自己的血肉。

诗句是我绘画之余，结结巴巴跑出来的天然吵闹。是我若无其事的天真里想野蛮的兽。——我要损毁，我还要在激情损毁里转个欢向；如果这里有确实为真的东西，我最想要的是能够不用词语来传达我笨拙、和谐的欢欣；没人可以为我思考一句想法，正如除我之外没人可以为我戴上帽子，没人可以代我自由堕落，连失败我也要自己的性命化身，不管真假……我的创作理念是荒凉的冷漠，一句一句的冷淡，一刀一刀的笨拙、如水的荒凉，但不知道怎么啦，我没能做到。（荒野狂喜的情报都送到敌人那里去了。）

"没能"是诚实的，所以笨拙的自尊心也所剩不多了。好在重要的已不是写诗了，诗心我都说到痛恨那里了。

蛮荒冷淡、笨拙堕落……这么多敌人的东西，我怎么忙得过来呢。我已绝望，你呢。

"你快点绝望吧，我等不及了。"

目录

一笔一划

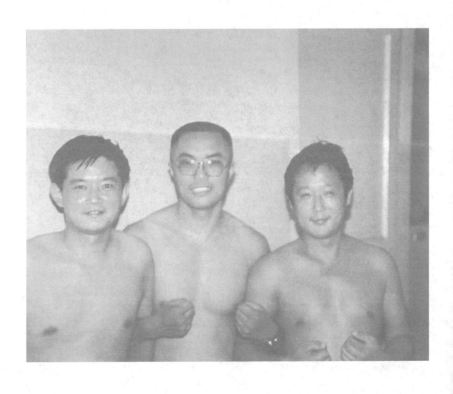

时间的灰

月光的肉体

年代不详

一

笔

一

划

清白，一丝不苟落下

欲望画了我体内钢的琴
仿佛唱完了我赤身的草绳、鬼魂
那折断的成百双小手在琴键逃难
像一枚钉子要早早结束它饥渴的锋芒

白霜、卵云、童年的枕木　　还有哀鸣的乌鸦……
总是分毫不差　　一一落下

落水的稻草其实清淡　　淡到看不见诗与夸张
因为我的情真意切
是那样地提心吊胆

1988

做个梦

你搂紧镰刀
无声划出
雪地
慢慢开花的口音

遇血分娩的真实腐殖　　和无辜
暮色垂落　　羞于赞美

如来之骨
磨出了你怀揣青山的卵石精血
和你草草英俊的标本

一个个留命的轮廓
无法无天　　坐实你山腰
危险的风格、海、地形
和心惊

纤云弄巧的天地
再没有

撞响晚钟的翩翩黑鸦
赶着梦景
把绝命打发的名字留给你
活着

你知道这菩萨的悲抑
在梦中跑得太快
所以死亡轻易地绊倒你单腿的破布
以宋朝的雷声、鸦群、慢慢长夜
最伤我心

1999.9 巴塞罗那

新年

荷兰夜的大雪
　　　　扎根似的横穿麦田
　　　　像天鹅出现在天鹅湖上
　　　　牛舌的表情盯着隔世的大街
　　　　骇人的深入

张开手的手抵着乌鸦谈心
徒劳地抄袭大海的样子
洗濯我不知名的死难和粗糙骨肉
请让那些焚身的幽灵通过

窗外的石墓、荆棘、牛、草站了起来
看我独自留门的江东江南
和我在雨后一团火似的秘密谷种和庄重

我在异乡从不唱歌　　　从不留下
离去时找不到的东西

1994 荷兰。圣诞、新年,校舍空无一人,雪落在铅静的墓园。

无用意

一只独眼里
死,投下骰子
你知道——
一个词　　一具尸体
出自骨血的意志和干净

在亡灵的杏眼上
喂养风、船夫的呼吸,和遇难的船

额上的悬崖　　孤云和浮情
一节一节碎咬遗忘的诗节

簌簌流淌的时间
正好破晓
为播种和遗忘的金子作证

我不细数紧靠死亡的
雪片,既然雪也降到这上面
就偿还你平白欠下的阴债肺火

用一整个夏天的碎屑动词
一个词是一个死亡动词
人面兽面
我洗不干净
你匆忙跟随的白发形状和名望

我把它转向天堂　　就是你见过的样子
毁灭　　比什么都容易
比什么都经典
比什么都美得战栗

2011 巴塞罗那

一面镜子

我仍可以看你
雪白的山脊

你略带羞涩的两捧稻米
无言　　　无物
一次还清死亡,另一次还清
上帝火舌的诱引

两次成为雪的倾听
两次滂沱无聊的深刻
灼热高过我们的热血心头

纸上发烫的唇尖、斧头
和尘土的峭壁

一步一步过河

2011.12 巴塞罗那

歪斜

1

你已不在
出生那里

省下
南山的梅花
殉品，省下

闪电下石头活着的方言
在歪斜的颌骨之鳞　　你要赶快

杀青。　　你三遍、九遍勾兑
巨大的扰乱之身

不要写下你自己
泪水与死亡　　你刀尖诉求得太多
至少塞满三卷可疑

那留下来的
花冠、雪针、点燃的灯和歌声
藏身于我

直至你我手中刻下锻金的掌纹
和淤泥　　　像一个真正痛苦的女人

2

你醒来的岩脉
一直言说

风中精疲力竭地站着
霜冻的　　　父亲。

这一年
你屈膝的泉涌
终于还清了

井,一般的海拔。
你一天一天地挺立

请把你自己
递给我,不——
不仅仅是冒充的英俊

遍体鳞伤者,提前
种植

带胡须的灵魂。

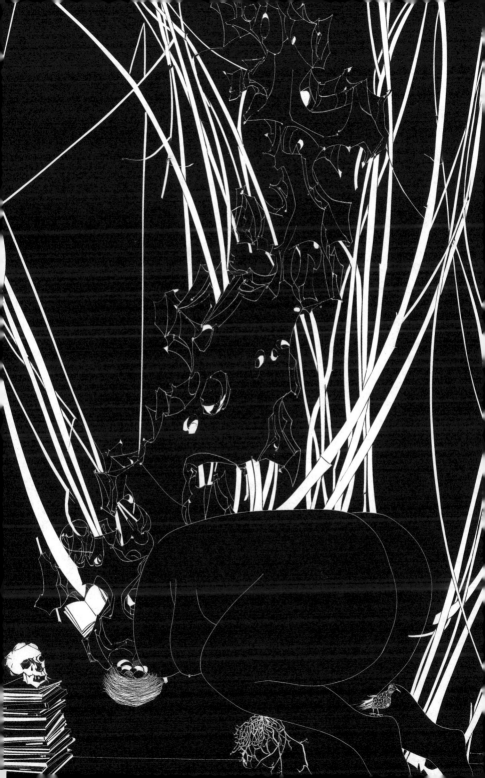

河岸的额头，重述接骨的
回声。

3

从一个黑眼
的脚踵

刻痕于木兰花的时刻

滞重而斜远的
口吃　　　那个你
再次沉在手中

结结巴巴地
用石子和希腊黑弓
加封我白霜的前额

你覆上的白（其实血红
——我洗出它石头、稻根的光阴

一心一意地
带着惦念的狮子和名声

我盯紧你正在田野里
腐烂的物证
乌鸦也不眨眼

2012.6 巴塞罗那

一笔一划

只有你能映得我
我很少看见自己
坐成一个一个孤坟
像一些荒芜的黄土遇见鲜花的贩子
每次遇见每一个颤抖都有刺

御风而退的白云一朵又不像一朵
蝴蝶的草图也慢得像雪花
哪里都不是那里
像偷吃了阿炳的稻田

过去的过去和现在
有不少时辰奏弄灰烬的角　　和尾巴
满口龋齿
不肯吐出一句白骨的国王
我跨过它贫穷的尸体
等它走完剩下的旷野
那坟上歌唱的草儿
有时比扑腾的蝴蝶更难成形

连着白骨的白骨戴着草帽
编着年少天真的指环
把海带来
一笔一划地写我冰冷的名字
就像人一笔一划地学习忘尘的日子
蜕掉一张张人皮

1997.2 巴塞罗那

一颗纽扣的问题

那是雪地上
正在融化的一串脚印

为什么你赤白的乳峰,疼得
铺张,像一个错别字
在别人的舌根颠来滚去

你说这是伏笔
一丁点遐想
羞愧就容下了着急站直的稻草荆棘

1997 巴塞罗那

《左耳》—— 看花宾

（一）

把你的影子投在高高的山岗上
拾在一切有松树的地方
~~获得心我捏玉上~~ 连那些芜杂的投影、高傲
像水里映照的一盏燃烧的灯
—— 逃过果林落到桌鸣上吗？

寂寞
我忘了你深深的黄昏　时间正在北窗
拥有几把平常真实的情欲
不顾一切地~~？？？~~ ~~雕琢流星~~ 的句子
蛇羽藤蔓的公鸡石头　你全身肌肉英俊

和头发垂成一令　友绣的风暴~~？？~~ 一套黑旗袍
那是你肩向的兔子一跃 ~~草率地~~ 　　血流不止
啃着桃花 / 　开满一地的白花~~？~~真香直到~~？~~好意思

是的　　你是孤独的雪（和鸡群）
你的背影就是简单 / 引一只猫~~？？~~向你联想。

（二）

关于你和土地　　许多闲话 ~~？~~　　　　~~也干状思想~~
对我胜美址　~~？？？？？~~ 　像只穿内裤的思想千状人
~~专利发忍~~　~~缺~~一只孤耳听你复阳的叮嘱

木炭的鸭鸡　　掠过一幅画 / 你的疯狂诞生在三月、六月……
~~没有尺寸~~ / 　逃过天的麦田跳入的太阳
不觉得羞愧吗？

野梅残

月亮轻轻探了你灵魂的黑雪
　　　　　　　　与胎记
纸包住的火
来来回回落下烫手的红梅

一滴滴血　总会有一场你真实的名字

赎神的哑石狮子
眼神碧绿，排下舍生的卵子

你决意收割一场暴雪涂鸦的桃花
辨识二月疾风中折断的刀、贼
杀气腾腾地磨死亡差事

至少要死得好看些　至少要有一次开始
那些铁石心肠的事
洗净身上的毛刺、骨头和剑
因为也没有另外一次蓍草咀嚼
你赴死的机会

让你轻松
蹩脚地躺下

像一根生锈的钉子

2014 巴塞罗那。记一次初春遇雪。

磨铁时刻

我可以说更多
关于一间小屋

摇摇晃晃的光线摸索来去
绣着最薄的针脚和青春隆起的小腹
自言自语　　策马驶过

一张琴　　还是一张琴
转身的时间
陷在手和双乳咬啮的泥沙里
为四周的白墙唱了阳光足够的事

像一个坐在琴凳上的小女孩
从古香古色的节拍里
学会一些关于生活并不轻松的深刻

生活有时沦落到如此欢快
像沿山涧飞奔而下的
一只飞蛾

撞见迎面的全部石头和如焚的光明

万物都是如此席卷的幸福
哪怕是一场碎屑的别离

1999.4 巴塞罗那

你忘了你所忘记的真实

陡峭的
阅读
你脚底形成的火戳

水的针脚
穿越大地山火
你忧伤的情欲锻打的腰身
那些淬火的造型多么无聊
仿佛能收下你惯常直起的腰

赤裸着见证
一个国王沉默的卵、石、火把
大雪愧疚　　已经被人写干净

血水流在时辰的枝叶上
流到一个人的脚趾上

一只一只吃草的马

2012.2 巴塞罗那

把跋涉的身体寄给故里

一场雨
把夜剪成了生诗
为情欲镀金欢喜与夸张
空花里开出熟蜜赋形的诡计

乡音一丝不挂地说飞虫的唇语
和故乡南坡的天空海阔
天气闷热

逃荒的陌生人
只是路过并相逢

也只能这样不停地路过与相逢
为未来的阳光找故事的脚趾
泥土血气筋骨

跋涉沉重的精血样貌
那是陶、石、水、火的琴台
要一次次落到故乡的根里

一次次的确认,安心
像伤害羊羔般多羞

但如果这是羞愧的重述
何必费心去歌哭

1994.11 荷兰雨雪

赤裸

1

唯有你保持着
长长根须的呼吸
那朝暮的梳妆　　凉瘦
雨一到　　一语不发

像一只空空的水罐
落一种广阔的空唱　　几行阳光残骸

草荒的欲望起火　　燕燕欲飞
等完红灯又等雨
不认识的人都站在窗外
漫天抄诗　　雕琢
用你的哨声把天空洗很蓝很蓝

而我坚持要许多舌头说出来的
明月　　已在我鬓角褪色
一刀刀的漫天飞雪　　怒号

为你我伤春的风流脊髓　　蛇样害羞的滑行……

大象的屋顶
大象漫步
哭泣的脚一踌躇穿镜而出
遍地人民的白发和你努力做出的凉快杀花
你　　你竟是一个如此自然的道德
自然,什么也不等
包括初生

2

　　你九月的稠度很难用无产阶级的语言描绘,我也懒
得去描述,那就伤风凉着

白霜至此为上
味苦

3

你的膝盖埋着
英俊的清凉
这个中午　　群山跌倒
那些被雪覆盖的欲望雪白
满心饱酒地摇晃静止的芒草气味

让风走俏
你秘密的颤抖
和荒野深藏的苦水

你又着了凉
芒草呵　　芒草

1999 巴塞罗那

《血热》

什么也不能停留
　　　　今夜
也没有命运的手　　　流风
为你种雪，认领形……的新娘

暗黑中你怒放的蝶、鸟、泉水……
四周　比所有真实的茅草……高
我们不相认
那东窗的坟
泼了……又未裸的事　／……　山上只有一盏孤灯
　　粗野　　　／……

我在远方九次无休止地燃烧
像火、像山神播种　……
多少个夜深我听见　风又回过头来咒骂
说一种我听不懂的……蛇和……
　　　　　　　　　　　　　　……

假如……定要有一次见证
（你）……盛年……　和草席

我会把命运和礁石都种在你身上
鞭子。

1995.6

白等

1

一场雪缕剪的峭崖
等　　一只夜色中逃亡的蝴蝶和标本
肋下一片寒窣的枯叶
无数次俯身人或者不人
秋千上绕雪的地平线　　跌倒的梅雪

2

一次落下的野兽和伤痛
深深陷在自己皮肉里
咬　　你纯白南方树上沁下的草贱和岁月
太多纯黑的野兽无处逃亡
刷了你失了魂的迷乱

满满的　　刚被卸了空的万物
洗濯你　　纷纷的鬼魂石屑
一个小小的同类无力的囚徒

3

土地和大地绝然不同的体温
习惯性地降下了落草的 0.8 度
树上的桃花就被打在床上

人面兽面都含着针一样的寸深叫声
匆匆认出一枚老雪的卵
印下我们卧草的姓名和子宫

4

事隔多年你雨中迟疑埋下的欲望棺木
我仍能看见
　　什么美不是血肉淋漓埋下的
要蜕掉一张张跪下的人皮　　　和无聊

还有一些看不见的乌有事物
把我的手轻轻拉起　　　离开了人群

2002 巴塞罗那

回乡

一只黑亮的蟋蟀
用南方青青的麦苗高声说话

为一个人,一寸肌肤,一枝枝草心

如今已找不到水边槐花下醉着的美人了
找不到深井里月亮捎到的蛙声一片

如今也听不见雨声里忘朝忘暮的读书声
旧的闪电也荡然无存……

沿河飘来的菊花灯笼
十里秋田露染镰刀
浅浅地唱日斜风定后的落花
一直一直一直落下
沾满黄金的麦芒

手心里的鱼,大树上的鸟
穿黑衣的白头祖母诗人灰娃……

我们相互望着
一些脸孔、一些白云行脚，一些故事一杯酒
水面也照鉴过
彼此讳莫如深的恐惧

并不需要记下一个一个土葬的种子
吹着彼此吹拂的风儿枯草
我们算不算刚好相互拥有

东风未染的隔江残笛
吹忽高忽低的初烟白骨
随意涂抹一个个羞耻风流
让人追不上那夜雨灵魂的邂逅

了不起的事情就是这样发生
踏着一江的雪泥、明月下了西山

2002 巴塞罗那

起风了

从一口井到另一口井
溺亡人千辛万苦地辟出一条洪水

用一根根骨头密谈　　雨中落日一样沉默

诗人饥饿又畏怯地留意着这个源头
一首首追逐钻石、海、骏马……以盗取涎沫最黑的唱词

饥饿还为性命安葬了愤怒的算术题
　　给出血
　　给出火　和鳞伤的阵亡

白骨累累　　台词这么少的贞洁
肉质是最受蔑视的地方
一行行衰竭也不是象征

无法分辨你孤零的泥牛雄辩
是否挑选一个人死去的方式

1994.12 荷兰

荷兰雪夜

生而独孤的刺
把一时间的黄花青春　　刺穿
镀金的脚跟　　挂满飘落的叶子
　　任由践踏的骨头　　悲歌沙沙响的松弛

我跑不出江南的时差、乳名
是深雪的一棵老树，
我攒了你这么多流泪的乡音　和钟声
把热闹许成海、鲁莽、愧疚
和死神

跟海的青春和孤独都是
刚出世的爱情
像荷兰的大雪　　一直在修改所有的来路
教训难成好事比生活沉实　　对不对
千人插足的雪迹　　能带走的东西很少……
说谎说谎,仿佛它是真理飞飘的一角

像婴儿胡乱喝着奶

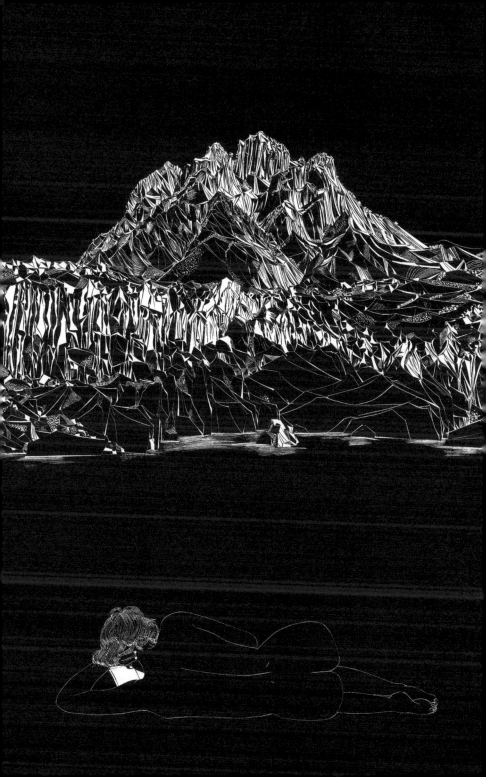

吮吸石头的母亲和安心
倏然一梦　　也不听什么盛开的瓦片火葬流水

荷兰的冬夜　　风和雨雪凝视
借火的指尖挑起了江南
沿着阳光的坡
互不相识

哦谁在唤你孤独里的血
和刀
谁谁
在每一朵雪花里刻你异乡的山谷淡咸
谁在蛮荒不知名的山谷说出一把灰

1995.11 荷兰雪夜。一个人说一种孤冷的南通方言。

少女肖像

1

紧窒的表情,锁扑扇的
　　　　　　蝴蝶
春天枯荒地躺着你一阵黄金海浪
不知道失去了什么焰火的涂写
不像雪,也不像尘土

胸乳白雪蹒跚的字
像一列火车
被夺眶的黑暗抬着
悄悄把我们埋葬

因词骚疯长径直走去
没有地址也没有花香的羞耻……

大腹便便的肉欲真理就在地上装扮
今天无人敢去捡拾的鞭响

是我

2

你的活头说得太满
两袖清风独腿布满光环
还有一千种吞下我们的草
写凌乱兀鹰、直率和飞奔的棺盖

时髦和你亲切的胸部　　排队
用一只老虎的冲动　　描了一道娇好的云水
四散奔逃的皮肉骨　　居然和蜜
爬满廉价的银子和胖子
相互嬉戏的梳妆
一片一片的阴谋
请,请

3

风要停一下　　灵魂蜷缩的一个人走得慢
——人只能隐隐追上　一个影子不朽拖长的亲人　和赝品
衣服脏了也是你下水的简单理由
假如你的愚蠢不像你自己
时髦也不会像你的亲人
眼珠在光滑前额绽放的一霎
你是无法安放的猎品和顺从

我忽然知道　你也不能自行做了决定
那扫落的眼神
贪婪

4

不要向我微笑吧
你被称之为时尚的消息都源自
　　虚荣曾经鞭及过的恶薮
我们在楼下顺从地排队
　　紧随其后
　　入药

2012 巴塞罗那

横版式
《安格尔的长句》

我在异乡人前歌唱。从抱你的左手到抱你的右手。我夜深的心要说么话。想本要更多同时又到无它求。我把唱完所有诞生之物的天真面目天真颜色。我把唱词镀得金黄。你说为什么？

松间的风和光"骑一棵云烟飞走"，别把记忆做成献祭，就让这么活着。日落的时间我终于得到了太多的一切，但了、荷马、欢乐和你。你脸上的脂粉也乱了，像被遗弃在门口的枯枝。我几乎从没想过"血斧"也在那里，看着村枝重要的一部分仍在领悟。你有时一定要过去尘一下。

你里面记入夜你所是的动物兴起发疯，诸散在夜雾里，还有血渴。我记得，风进来。你投下一道沙涞的刺烟身影。上风的角度和松树叶帮你记下走尘土的空虚和珍珠。还有两个要淹死的星期——其实我也不是无聊的闲着，只是过不起想要的欢喜生活罢了。

一个乡野荷兰冬天的消遣。没有非海难唯沉思，神献诗。这样的写作把你引向何方？那深夜的报，在五十或五十米的院外长出了另一种另一株饥渴的脚印。面海天的焚烧相互凝望说不出一句赞美之词。风中的花，在风中说着一种更天真更挂念的语言。风中的鬼魂，人都去了哪里？

我们坐在目光的入口，完全无意识，天生丽质充满了情感上的自我毁灭。最美的事物是那尚未完成的事物。没有答案，又触手可及。——关于未条条的答案这一点(它种)又未被说出需要年记，正如没有人能将完全没有烦恼的情爱写在纸上一样——我终于赤条条地来到这里。成群结队的面前来表白连难也没探。

猫不许

你的胸一阴沉
筑起了二月疾风的草地
滚动的雪越来越白
我不习惯一串串喊你名字的花骨
曾经的蛇

像一碗水摇晃的月光碎银
我埋你盛怒的力气和刺

当你等到出乎意外的报喜
你的草高兴得昏厥
打翻的水跳起来四处奔流
需要双倍的时间清理亲密的刻骨

常常是草　　草草
生活里读不懂的荒草让我担心
像一艘船在水底静静地生锈
找到最深的黑解脱它灵魂的绳子

2004.4 巴塞罗那

打比方

你倒在枯葵上。透着飞蛾晚露的倦怠，在每根被迫沉默的刺
　　上，缝合秘密死亡的精致衣裳和珍珠。像个无耻之徒。
这里安静，像抓紧水底的铁锚，黑暗到来之前你无法返回的
　　倒影。哪怕是活着。你有资格混沌活起来的皮囊都努力
　　活着，尽管一走出墓园就会被忘记。

无数在你葵地转悠的游客，戴着小麦的花环，为自己头生的
　　灵肉涂抹草灰。常常，浓香的肉身是饥饿之颈上的一只铃
　　铛。弯下来又直起来，弯下又直起，眼角散发贫乏泥泞的
　　气息。算不准枯萎秸秆间乌鸦装死的复杂沉默。

属于你和乌鸦狂草的那个时代一切都不存在了，一生努力活
　　着的不过只是一支秃笔。明天的明天明天猫头鹰还会
　　来此开镰收割。落难是证人，和清算的时间。带着世俗
　　卑微的黑色叫驴。要叫的事情实在太多。蘸点蜜糖，才
　　方便下咽。

阴郁的日子你与麦田做爱，剑落地，表情躺在血泊。太阳是
　　你的刺客火花追上性命。灼烧的笔迹、刽子手、羞耻、蜜

和跟跄的耳根埋在地里,被万千着实的怀疑者沉重的步
脚慢慢滚过。来来回回就像什么事情都做了。还有草,
草要求发声却被你单耳拒绝,精致流苏的折刀纤缠着
风,给尖叫的猫舌纹耳了然诚实的一寸寒霜。月光雪亮,
乌鸦吐出浑身焦黑的直发物证。

流着金黄的火血双手插入灼烧的乳汁,重新辨识了喉咙里的
匕首、墨瘦的树影、断指和水火无常的一只老乌鸦。尽
可能把一场场暴雨的生活切成无法继承的碎片,我乐意
跟着你早早选定的无聊方向。

不完美是你的顶峰,无名的麦田为无名的死早早预定了魂魄
得救的子弹。你的伤口溶解像河水,比任何时候都更深
入大地。你用酒、香蜂草、春药发现蓝天正好;但你的
张望的岸很低,死亡上涨二公分,我们就会被淹掉。溺
死的石头、大树、河岸总是带上你的墓,和空无寸金的爪
子。你是快活的斜条肋骨,脸朝上披着星星的头饰。我
也是快活,阳光落地无处可逃。正好打个你满血的比方。
后来心也以为这是好的扎根。我替你饕餮世俗吧,反正
我也是个无耻之徒。

1995 秋,荷兰蔡田。

隐我的法则

枯落的花骨
把留种雪中的哭号
写在我刺青的牢上
鹰握刀的爪子绕着尖叫

那些眼光留下穿孔
确定
是一扇扇　　遗忘的鬼魂

在家乡以北的北　　安顿
那些不安的阴灵彼此窃语
让他们活　　让他们都活

寒彻摆成一把剑　　掩没大地的声音

我译不出　　这颤抖

2020 春

杂诗

1

最有力的掌手
也不能
把沉默的魂灵打捞起来

一缕出窍白发
仿佛献给埋夜的情种
嚼不清的瘟神
又想要交欢

2

不知怎么写出草木干净的溪流
放大又放大的雪花　　（花是蓝色的
干渴跌落的鸿泥
踩着剩余山峦的影子

3

从未红脸的珍珠一直滚到胸乳深处
寸草不生

短暂易逝的事物藏着丰硕的心跳

4

重逢是三山的尺度
相交于目瞪口呆的事
如此挺拔
被守住的秘密一夜白发吹老

5

目光交出的忧郁风骚
长着水手与行草的指爪
激动的骡马复仇　　　一寸心儿

无数的眼睑　　　一同熄灭

6

秋风在细雨中死过
无所往心的钟声
无所往地颤抖

一往无垠的时间骑手隔窗

印着春山的面容
一寸一寸
火候

7

一个结在时辰里的葵子
然后是谁的假牙把它一磕为二

不对。（对你,我不押献词

我从烈日中认出了另一位父亲
那垂死的枯葵　　红韵垂膝
口中吐出一片浊云
心里藏着巨斧
和妖娆的债务

8

两岸之间
石头申请在亲密之间华丽雕工
　　　（翻上水面尖叫的是石刺的死　　你做了一些手脚
石茎上的刺无法表达生(只能表达死　　附魂的青天没有听响雷

写作的火线上　　每块石头值一滴血（够骚
人只能一次刻一个名字（那些从未碰触过我血液的人

屈死
你看是谁不是。

2004 巴塞罗那

化名

我离家晚
也必将结束得晚
凡是稍许走远的人
倒下来都是白骨

2015 巴塞罗那

传说

~~████~~ 《深秋的风鸢草》

雨中乱织的蓑衣　慢慢散乱
时间缠绕色　为住身用力地拔着聚风的雨水
像个孩子　总要错付大把 ~~████~~ 半身的时间
你们搞砸奇目的阴谋　～种次重
就像星之落下的天空

所有的青春中我在寻你
你
也　　不知道我寻找是什么根须
悲凉的雨水竟是血水
从根柏梢吐着 ~~████~~ 拔青　炉火雪寒
沿着眉尖墨黑

光线随泥泞 ~~████~~ 飘落
薄情的人入 ~~████~~ 爬出 光天之下
当的昼终于改形影在肝
在大腿之间放上鲁莽的发牛
你老夫之相思的句子一次 ～ 次跑了宿款
丢下不少湿衣的形 ~~████~~ ~~████~~

没有人从空气中取走一个问题
桩在下面筝 ~~████~~ ~~████~~ 秋田花～叶
~~████~~ ~~████~~

离去

我不想知道你的名字
你怎么叫唤　　我也不会回头
我像头羚羊　　一阵风的样子
——那么，我是回声，是白骨
一颗死星星的沉默

遗忘的声音　　就在今夜取了一个
随风的名字过桥
像个落泊的旅人
舌头狂热地划着最短的回家的路

随风的是其所不是的事
连着家人乡音秋日的糠壳
炉膛烧得正旺的鬼魂呵宜单着也宜双

1999 巴塞罗那

夜不收

只许有一个艳丽的表情挑灯整冠
离魂的锦绣一个个笨拙地相互滋养
忙着醉里偷香的陌生公子、公子公子
尺八的妆台成了你一人清风艳遇的缝隙
落满你草草风干的火身双唇

风雪渐近刺花独自裹紧
街上鼎沸的人声忘记了你细雪来时的行迹
和雕刃的笛音

不解的杜鹃没啼数声　　思量你
用尺八的羞愧为我修枝

　　真的吗　　你贫穷的回忆全数挤在堕落的童年
　　做一件比豺狼的春天

2006 巴塞罗那

乡音

口音挂在脚跟上，果腹的草籽
瞎子追问一般。城北的麻雀青烟散了
糟糕的口信折翅也没有飞走
一只脚逃离一只脚追赶

双肘、脊背，脱身于对灵魂的倾听
说到的井壁说到老巷的苔藓
口吃的耳骨只分明了锤子三倍定音
对等的时候尺寸对我良心绰绰有余
回身的鬓角汗出来了，跋涉了
烈马卸甲的传说　　和其他无关的事情

是它　　正是那致命的火石口音
像我的祖母
一座山　　瘦骨伶仃到达
　　　　我风干的骨髓

2000.2 巴塞罗那

闯入

你若问怎样读一首身体的诗
每一次词语都说
三更烈焰在理解的路上
——虚弱的人不说话了，虚弱的人只做尊严的手势

诗人度日艰难
双手擦亮
等待铁定如此深刻的山河
凋亡与燃烧的厉鬼、骨头……

跌倒了到处都是回家的活路
到处都是异乡收回来的生香五谷和先祖
仿佛一群孤单

寻着生动的瑕疵

2002 巴塞罗那

对头

流逝的岁月早已没了仇人
爱着仇人，也不是一件难事

只要是我懂的语言
都已提前把你绕过

恨起来就像灰尘，(爱也是如此轻
又怎么会无聊呢（这是埋葬我的深度

求而不得的火与哀愁
谁知道我们有没有白写一场
泪水黄土播种的尸骨

1999 巴塞罗那

空洞

1

追问过肉身落空的事实
身体当马贩子的驴
支撑了好久——受骗的蛇也抬起头看看祖先脸上的表情
驴蹄过的词应暴尸荒野
还活的痛楚,那是你跟它说跑了一题

一定是错误的呼吸打扫了另一个荒野锦绣
诗人常常这样偷吃
像枕头垫高的稗草闲话着星星
只剩下一垛爱过的空洞年龄

2

老式电梯　　像一贫如洗深藏的风景
在人行道上　　磨一把镰刀
燃烧

我能否依然怀着纯粹的激情行事
像一位烈妇

1989

几分钟的生灵

一个喝醉的人,带着满嘴的草屑
滔滔不绝伸出窍的舌头
把家乡挂在十米外的尘土
埋葬。土地与酒、命运
已经多余。有一个人
从身体出走几分钟的生灵
在千里之外的奔丧途中
带着米酒、鸡羊、胎记和父亲的棉衣
踏上若干没膝烫人的故土

他在寻一方尚未命名的土地
这笨拙的事,就连孤独枯骨也做不到

2002 巴塞罗那

大雪是诗人，只是它不知道

1

寂静如此完整，听见了
大雪数女人的名字。那些
我们轻易爱过的女人，和尽心爱过的
许多名字忘了，但记得一首二首诗……

大雪太大，一下子覆满了黑衣的灵魂
土做的骨血肺腑横刀而去
剩下雪地上渐渐消失的足角和虚无

2

雪地上消失的足伤已结疤
由此失手的孩子寻着把雪松的句子背诵出来
一只羊落在火烧云的山峦，像一只鸟
听见花开的叫声，空空的
挽着贴心的露珠

1994 荷兰大雪夜

苦色

很老的灰奶奶背驼得像我老家的河
大片大片白发的荒草开始烧她了
秋风也吹着死神的乳名唠叨

你就是不答应死神无聊的炮灰和刺客
要讲述每种童年快乐: 淡蓝蓝蓝的天

孤零零的下午, 孤零的一棵树
你看童年的布谷鸟早已飞远了
田野上片片芦花牛羊, 和你在延河边清洗过的灵魂肋骨

为春天不曾开花的地平线上播下一粒粒赴死的种子

这是暮色与你告别的方式
几根苦艾草悲恸俯身, 为你认真唱一首感恩歌
像你十二岁在延河边用尽了出尘的力气
喊出的赤陶勇士

2002 巴塞罗那

长桥

一座石头的桥
不长,缓流的水面有盐有光还有一个仙人要过江
小时候发芽的水声想传出很远
像一笔笔祖母的债务排着队
听由每日万千粉尘的朝阳和
落日两次安静地偿还

记得两段暮鼓涌入的路边
一大帮赤脚的光线用方言拼出
只是出于渴望而深呼吸的农人
虾蟹、咸鸭蛋、蝴蝶苍蝇、菜蔬
和毛毛细语的恩情

我听见了童年跋涉的桑柳梧桐知了花蜜蘑菇……
来来回回地瞎眼走着
一寸寸丈量　　江海河不同的沉默深情

那最远的江水,浓浓的汽笛
清雾重写的水神,狼山上空阔的钟声……

（这种重复是必要的

鱼不在
万物流向彼此
响亮的钟声有什么用啊
（恰恰我听得足够少，才有你海阔的距离加身

1997 巴塞罗那

她想要说出的每个句子
出于自己的经历

每一根白发卧荒草的湿气
天黑了，一阵米香里月色孤零零
一分钟老去的细腻灵魂
更加贴紧地皮，挂着露满脸成灰
不变色的守灵人离灰烬一步一步
融入硬雪的星光之地

像是祖母慌忙掏出的初雪乳房
唉
一切都匆匆过去
却不能用自己的经历说成句子

2002 巴塞罗那

小说贴

一脸白雪，听无法追回的雪中人
风桥浮尘　　慢了三二步的生花落
负心的人也学用伤口抵近清白与膝盖

风啊浮尘　　刺刀一样冲动
了无声息地进入体内
耀眼的快乐是你走到了尚不能自知的真实地步
向往肉欲，渴求的却是仇视

看那，他正在绽放

刺白（足够清晰）是人民不需要的光彩
和雪一比，单独露白是件可耻的事情
像一只烂苹果最后的高光

天色由你选

可耻的率真两手空空
像大风吹起白头发的故乡山坡

挂在下面张开芒草衣服的手
挂在亲吻　　眼看箭断肠
剥下了烈日中奔跑 及 月 狩夜 和相约

- - 挂好　你悬在我心上一定会认真
千思万想今宵终得与你／睡一觉
以后无言　是奔走的小脚　镜里
然后那夜　无一不晓是你
只不过想看一眼 连同你的弓
张开的比响　不时的哪叫

等听到野火林草卷走你的身体
我才跟你走
自己也追不上自己

落日点燃它
在低处,甚至更低,多少庸常的桃花不是
(桃花的思想价格都很低

人民很难去爱这种子,除非你能
爱种子扭曲的一切

人太轻了,轻得什么都不是
火焰一再挽留你枯瘦肉身
你乘机混淆了自己与大地的面目

你还仔细倾听混淆中真实而发疯的激情
万念的菩萨

2002 巴塞罗那。读一篇小说。

春天，你在左边

1

好吧　　其实你在右边也可以
埋伏
春天　　你着什么急
我是一只盲飞的蜻蜓
光着脚飞了几段挂霜的简简单单
大雾弥漫　　有人偷了情人的鞋
没有人看见
这时候正适合海的幻想
水芹、蚕花、草帽
兰波、波德莱尔、策兰
我知道结果只能是这样
和着杀人的月光

2

我挑选手写的时间、盐和风向
飞着飞着也省略了永远　　和形状

月光想象的大地上
我坟头行脚的野草　　排成细细骨头的刀剑
渴望一场籽粒饱满的辽阔答案
我吻过稻花、水桥和雁阵的三关
也曾与你手植的大雪相迎于肉写的梅花
至今墨香未散

3

春天　　我空手而来
只剩下一个飞着的名字
握着云霞虫鸟的一片空山
可能有水、嫩草　　土里拨出来的光
和我动用爱情的匕首
你隔山说的我都没有听到　　破竹埋斧的骨
你没说的我都听到　　百劫千身一场心跳
因了桃花　　我飞成了一　　也飞向了二
你的死甚至没有人看见
也一样的烈焰

2003 巴塞罗那

出错的笔记（节选）

1

我独自的技
用沉默的烈火四处谋杀
而你　　你在火焰的另一边积雪
太远太远以至我把你混同成
镣铐一样冰凉

2

昨夜枕涛的诗句
用了无数的岛屿
才漂向更远更远的地方

我味蕾挂满的星光。
你已辨认不出的地方

3

今夜破晓的艰难
就是一支烟
将要去哪里
其实都一样

4

我不想与死亡调情
那是不幸的拜访
连抽搐也用了谎言
石蓝墨水上无法无天的剧本

5

总是同一种声音
为道德的最低限度
钉了一枚枯燥的钉子
但钉子不知道它在对谁说话
道德也不知道

6

今天的剧情　　有个男人自称为王
风　　停住了
一动不动的　　让人不专
一种毁灭性的急促　　不能在
王的一号表情上让人景仰

7

尽管我一直不间断地受到改造
但我总想返回血液里更原古自然的东西
因为那才不受迫于真理
迷之有危险

8

上天送给艺术的伟大灵魂　　都是找死的

（满载着赤诚的贫穷
你发现上天并没有愚弄你
足够的经验将领会找死的欢欣对你意味着什么。

2007 巴塞罗那

梅庵的两次琴剑

1

拨弦的五月
朋友在梅庵　　弹了一首不像梅庵的夜
表情缤纷的毛式背发　　画了一根草的狐狸和短剑
仿佛给紧闭门外的荒野五更
投一曲活命的风火线　　和染香的皮囊

青涩的少年　　你气正盛
大雪压在你身上
谁也拍不完
你初胜的白马
要一个干净、笨拙的谦恭　　携篮的谦恭
足以贴进地面　　只有
石头、风和流水　　从屋檐下走过
像一场无法安放的汉诗青山
和青山之外的月光

顺便读一下被埋葬的脸颊、体面和你冒失的欢场

听过的喜鹊细枝　　几乎停在天上
心一动　　就是十里之外了

2

后来有了一吨苍苍风景　　大片大片
布水千寻的衔草中年
扪着枯寂流散的地平线
一盏一盏点亮了染腔的红炭
还用了　　你
栩栩活过的方言和窗外清白的梅花惊雁
一举杯　　你就扎根了草和严霜
那是留给另一天、另一条路的差事吧
路上也没有保险

像多少年前崭新地出生
灰土的肉身
时辰的一卷泡沫之书
蜜蜂在乳尖
嫣红满面
有些话我一心说给聋子听
又怕它突然开口
——让我等一等你岑寂的片刻　　因蓝的天生

3

哪一个琴师忙着处理良心的山水　　和肉安生
这是你方便邀人的一场一场
你双目紧闭　　夜在手心里
呼吸间制造一个个豪华的阴影

风再大　　　也不能往你眼里吹进一粒沙子
因为你总是明知故犯

夜深露重　　　而一切都没有真实地发生
弦上江山都是水到渠成的游戏　　　常常
　　　　　　　　　　　　　　看见便是熄灭
弹琴就是说话　　　简单的人草稻
也可以是一种艰深的蒙蔽
因为艰深我们只有大哭一场

4

琴上的言谈从来是错过的出发
永远无法抵达
那无法抗拒的
是我兀自留你的
最初的敌人
是不是还能一颗心呢
为一个其实瘦骨嶙峋的生魂别调
剪剪你风干指间的刀剑
和难猜的名字

2002 巴塞罗那

清尘

如灰的文字是最纯洁的
白色
是你洗尽铅华之后的美色
是洗尽铅华之后的每个人呵

写呵写呵
曾经有过曾经这样

微风织进了汗血搜索心脏
披离散落的草草
你要在火那里试一试——它
也是时间的炮灰

灰灰灰
来了一个词来了
一个黑夜和它荒凉的元气

其实那也是你
从书本上读过的

看法（只不过披上豹变）

都是都是斧凿的看法
草、多籽、散落、肾形的脚爪或花边
我们又能如何把握
用一双颤抖的手？

那自由吹拂的种子、血泊、独角兽也许是真的

但什么也留不住我

2001 巴塞罗那

有一些寂静

又一个陌生的固执。

铺着木然押韵的苔藓、红艳和乳房。
突然化为尘土。

化成长胡子的墨血、没脸的咸鱼和麦浪。
还有梵高的荒林印堂。

过海的
那个
轻佻段落。
每棵都长成了好。
很好。

要让闲人把它便宜地抹平。

便宜的舌口。

2010.5 巴塞罗那

双翼

何时你有了一个镰刀的名词
以蚀骨的热情荒草赶脚、抵达
黑翼的字符装作珍珠　　抹了一层毒　　匆匆丈量
我霜染的针脚和乱发

你走过的地上都有雪一样的身影
向阳坡上　　没有哪样生命的衣襟
配得上你剑斧的白银　　火一样的想法

我听见你喊山的切齿元音　　刀尺逼人
其实你十三的方言　我也不懂
山阴锈骨你赤脚的护身从天空走下
像一个桃新娘
潦草地写着生生不已的来世交情

那一声声咒语
和每一样敲骨的"欢喜"押韵
不急不急　　就像时光和胎记
坟上的野草　　在雨中一遍遍说你虹彩的流风火印

我匆匆剪下我的灵魂　　压在草上
骨头在泥土胡乱刻写与挣扎
我的骨头发麻
月光也忘记了我是一个人　　种着四十里桃花　阳光

时辰的封土稗子清香
我在童年
你也不能看见

向阳坡前　　我把断魂的桃花断魂的剑
印在你的额上　　膝盖
印在你风流的桃花骨上
以一朵花妖娆的模样

2011 巴塞罗那

练习荒草
《2010作》

在染黑的画布上　时日漂泊
已经三天没说话了
成群结队的朝霞
骑着马
吃火一样　沿着偏南的东坡
——那已不在骨肉上　八尺野霾、覆盖、金刚

很圆这都不回事　已不能入目三分／迷困吗　你便就有〈自用的猜想

我迷路了　心里闲置了几杆炙尘、刀笔
用雪山缘的句　奎楞有案　独自走出来深海语无伦次的饮雾老虎

你就趁顺风把这份带走吧　／那囚发里的风点染一页页惟刀
沉旧的墨色多余　笑不出藏的诗
就像一笔谎言证明另一笔谎言／天生一对〈臭美的时候／嘿

前半刻划在脸上　刻在脸上刻没了痕迹
这理就这么简单　用了一把力，　倒印在脸上一照

肉眼寄生的灵魂踏印　　　刻印在脸上的背

请看如没荒野马骨威响的灵魂／万千人不曾爱你

不对，重来：不允送临终
万千人熔铸莫名爱你／深水淋漓中游荡的忠佑薄魂
书　那坚从未连诺的人／又如何没得重生放我流荡的画歌辞

2010.1

深琴的一座坟

风一更　　雪一更
满座云雪衣裳
许多年了
没有遇到你说中的生人

两眼之间　　梅子熟了熟
而手
忙于镶金的伤口
没有竹杖芒鞋没有践踏　　寸丝不挂的
灯前事　　你来过这里吗

最后的辜负算不算是天真
一根草的提心吊胆

其实就是琴师了
好像离开了　　大海很久
却在水绘的新弦上
磨出了它黝黑的行脚、锋芒
和死亡

深琴的一座坟墓
说你太高
在天空之上乱写了我的葬礼

2006 巴塞罗那

突然占卜

我选择天真的位置
没有这种愿望我也会有良心的嗅觉
当你觉得天真可以承受时
我来了

它在我手上数金子

那生性作好的翻山积雪
我要织进美的恐惧　　和狼牙。
一小把童年

别的诗也让它别死
暗黑中唤醒的禽兽
直到我重新见你
哦呵　　炼出灵魂很轻的金子

天真　　落进天真像一只沙钟
白发苍苍杜撰了一滴墨水的花期
丧魄的袒露占卜的珍珠

那化成黑石的眸眼
眉目漆黑走完白骨的夜路
那白齿的芳香　　赤裸裸想了头痛

我在天真中洗去的本来面目
除了你　　谁也不能看见
甚至
连同我自己

2002.2 巴塞罗那

蚀刻的技

1

手追着利刃
沉默在水底残杀
锥形的入药媚骨
从此四处逃逸

2

岩石的坟
借火之手点燃
我的手死于无奈炽热的花落
不过了色相

3

没有人比我更像我
迎风而卧　　一刀一笔
讲石沉大海的事

名字清醒　　手也清醒

4

是否像我
为一次即兴的　　灵魂杀青的欢技
以身试崖
所有暗处咆哮的潮汐快乐画圈

5

赤脚的潮汐
分不清你跑马的五官和沟渠
追你的身高　　追上你穿错的戏装
和菩萨拖声

1998.1 巴塞罗那

荷兰之饮

1

我脑海里的乌鸦　　虚构了一次断奶栗树
在一九九五年的夏天
　　　　　　　　漫过荷兰乡路上的地平线　　和雾

一只一只老鸦
嚼着舌头蹿出公路边满地的坚果和树影
夏天落尘鸦群之妙　　一种即兴的艺术之恨

2

生来美妙的情爱　　就得死得很无辜
一团难以描述的乱七八糟
充满倍增的亲切和控诉
这是黄雀后的一个前世技巧

1994.11 荷兰

磨刀的人

你不唱歌　　你的影子现在唱
剪得青眉灯花
忘情　　忘情地唱
歌词里有一个凶手
像一只垂死的鸟儿只在风中确认它阳光里的墓园
向南

为什么有一个世界就要有一种放纵的唱

悲伤如注的泥坑　　有磨刀的人
埋伏

没有刀手的歌唱
就死得毫无价值
草草地埋葬

1999.9 巴塞罗那

童年角落

比我爱得更多的人
星星都不会瞧上一眼
你走过来走过去地栽种
像故事中的老狐
故意挑破伤口
写悲伤的稻草和角落

哦,哦哦你们
忠于童年的时刻越来越少了
像赤脚的青蛙
披着荆棘游荡
也不跟我说话

从未酿造的情爱
让我觉得危险

1983.6—2006.4 巴塞罗那

密谈

坐在废话爱情的膝上　　像一片片降雪的海
命定地在你余火里要撒下缺席的绞索冻土
这九月夜深的泥坑言简意赅
死神开心地在骨头里歌唱
燃烧的雪像一道瘦瘦的数学题
你来吗?

（三）

我是你尘土的情人
带着苍白的词语追你的赤脚
数你的麦色玻璃的眼泪　和乳房
　　　　　　那瞬间乳房

贫穷的愤怒使你破碎成孩子碎成卵碎成不同的器官的复制
然而　你、你、你和你
走过那里三次　也不穿上夜裳

那迟来的情种迟来不如永不来
为什么盐和糖、为什么浪花从不去那里

（四）

一个个陌生的冤家　　　　　鬼魂
跟着茫然空洞的步伐，红艳和　　　黑色
突然化为尘土　　披头散发东游西逛
那空洞空了正好喊叫浮云

那尘土不是常经　睡在我头顶吗　而那管被它环抱
化成长胡子的星　沉、点、咸通和　　颤栗刑）我要找到狼或者
　　　　　　　　　　　　　　　　　　羊身上

我不取舍列的露水辞无耻

这轻盈　　　　　　像乌云里的闪电
走上上坡　　走下下坡　　/织生保　　印堂的时光证据
我书官的荒林段落呢？　　　　震颤的

挟一袋黑眼泪、　　　　　鹰与左耳
弹弹　落下雪了

寒山

把冷山拾进
赤足的天真
给日常的群山刺青的触角
再温点酒
为孤峨的雪山象征数数情操
戏戏骨殖怒放的天性、剑茅和水妖
它是天真　　还是泥途
是我与现世间的赤身邮差吗?

还是我与自然漫山遍野等着的脱胎乳名

2016 巴塞罗那。冷山五岁。

你是心跳……

怎样的纯洁穿着黑衣从石头中走出来
我瞧见大海中落雪的铁和夜
还有时光的马鞭、渣滓、虚幻的脚跟
让人低头的就是这样真实的乱发和洪水
否则无法彰显赤贫的狂热、卑贱、漆黑和宽广

剩下这一千六百年的天空和风格
那是你的心跳
是你的呼吸和赤脚

2002.4 巴塞罗那

时

间

的

灰

旧水童年

身灵
在黑漆的水中
滔滔不绝　　涂写
离岸的惊奇
有多少活着的十万江山
和你一纸的影子

装扮成
皮影木偶小鬼的风水

　　　　　　　　听得见磨牙
在每个房间的墙上颤抖不停地
演着少年大胆无知的闹剧
和悲灵

像一支支爆竹　　四面八方
坐起来
已了无印迹
没人能隐匿你水下
沉重的咒语

和空虚

你，你你抢在了亲人的前面
报到盛世开花的消息
和下辈子相遇的地点

想说的主题
是落水的魂灵　和乌鸦校死的第一课
策马跌入浪底的白脸一次次
翻身探寻自己陈旧莫名的深度
枝干、睾丸、根、咸味、喘息的一线光
你和她的他
落在水里
渡声声慢的乡土花冠
夏日水中漫飞的白云应你
一个个被喊出山外的滂沱魂灵（四肢如香椿树一般干净

你们会不会是同一个人？
只输给顽皮的水草刻石的时间
你在成为他的时候　　他也成了你
一对黑卵瞬间就沉了你们铁一样的童子表情

只是放一把火的时刻　　嚼舌的狐狸就胡乱写满
你你　　你　　兀坐水底的怨愤和乳名……

水天一色的青山、秋风
你和你苍白赤身的祖先
偶尔回过头
望望谁的岸边

2010.8 巴塞罗那。暑热，想起小学、中学溺水而亡的同学。

同桌的班长

你的体力是盐　　说完了寥廓鹰飞的童年
那一秒活下去的理由
勾回少年少年多少悲伤的快活

你是如此不小心　　如此偶然地
跌进尘土　　描完一次万丈独孤的死法

像盲人举着刀一步步走进了骇人的光
切齿回首　　另一趟风光不祥的夜火鞭梢
有水鸟、采蘑菇、闻草、看自家小鸭在池塘
泅你死亡的刺青……

你如此一瞬荡漾的背脊瞬间荒芜
像脏蝴蝶一样
跳动了一场隔世羞愧的悲伤

我一直想着你尚未长熟的水火
想着要用磐石坚韧的字句
把你的云海刻在最白的纸上

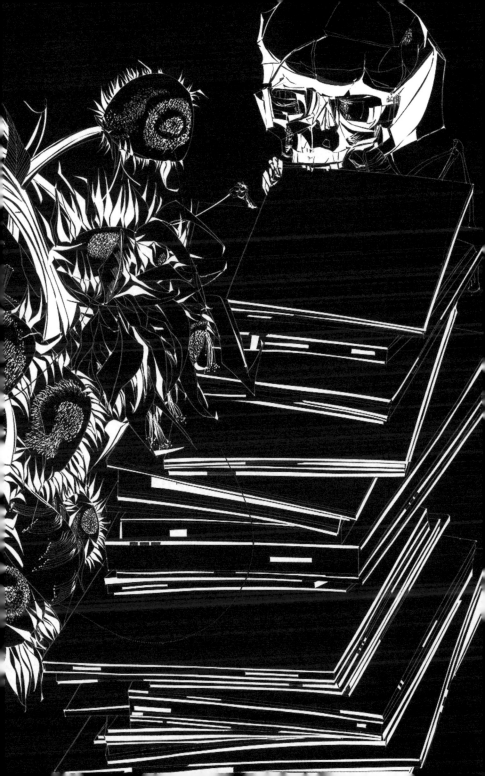

捞出河水深处你画押的一趟人间活法

我用了你盲目的尖刀　班长班长
这是你在那个炎夏告诉我的最后一段故事
我至今未能猜出你如何在薄土下
一片片兵荒乱马的洗濯
和一览无遗的千年疯跑

流过你身上的河水也终将流过我们的身体
春风教给我们的事　　我们将一一教给你

千里江山无事
你来看看

2010.9 巴塞罗那。想起中学溺亡的同座班长。

时间的骨灰

美色是一阵老了的细语
为你奔波灵肉的骨头
痛彻的根须扎进雪　　一声不吭地

说出走投无路的灰尘和敌人
美色通过敌人，瞬间寻至人迹
心里的话是秋风埋下的

时间走散的骨架
像田野白云无瑕
因为安静，使声名变得渺小、孤独
安抚炮灰、蝼蚁和刺客混淆的好事甜头

中年的面容布满青春陈旧的褶印，血成熟吗
扎下去的根无法逃出
落空成所有飞雁的形状

那是所有敌人的足迹
"所有"，那是美色呵

灰与骨与童年单音

仿佛一头灰驴等待的快乐
吃惊的土没有回音

2012 巴塞罗那

一天雪

落日草草，数尺夭风
连呼吸也归于你殉死的拘束

生于光的英俊
都在认死

玉米、稻谷、青菜也如实向你
描述土地冰冷的贞操。你就当真
突然着急停下来
偷生。
灰白的长发叫上了你绝命的情绪
——像不明不白折断的箭

向东移了二百里阳光曲
一步一步

笨得就像天涯风干的幽灵
水边腊月乱开的无题梅花嘛
早约那时相见

B91 捕鲸图
仲夏之五

《逆光》

这是海难与死亡的时间　倾刻相见
不用借口
灼烧的雨痕为你解开盛宴　解开深...
杯底发现我们的名字和目光　清看我们额...

那不来的人　过于年轻　披着绵羊毛...
满手灰草的时间
清江水勾勾把你剥成一条缚在石...

在你的单调的次渊里　我即刻爱
花蕊的零　（测行）丁韵脚　雪花飞...

(拔节)

所有死亡都会踩着陌生人的雪过来

无论你愿不愿意　天还是要黑下来
黑到手指血清和扎根的言语　瘫住
蓄积的万千草籽、白发、钢黑……艾填...

(污亮的膝盖)

天越来越黑　那些骨头比雪粒心上
我只需要在其中认出自己

谱一曲　　　　　　八千里云路
和成熟　酒徒的海量在蔚蓝的杯底　一饮而尽看呀
一分钟有大海的颜色和刺芒
一天星月

　像已消失在几十万年前草原上的那群牛人

　　仿佛刚才还在嬉戏湖水时节斜阳的囚徒

的水土数草树死亡　那爆金枯寒的清色鸦影座挤却梅
　　　松涛　　　　干净

杀大雪纷飞的路等着你把光线也删除

眷脸羸弱虚无的克重赤裸着风中交谈
日光残革步投射的自全颁告祭品

公针碎挑籁々落下　仿佛地面是无尽的湖海……

远处的祖先和你安然
为穷途埋下去的情欲和鞭子
急于成土。今天,我的发须也是灰白,年迈
已经拜访了你云霄上好看的阴影
像旧照片里的亲人那
一起回到一盏黄灯下
观看彼此明彻的心和谨慎
你紧张什么?
彼此一眼就是一声允诺
你不用开口,我明白你倾诉的内容

你只是暂停在那里等我
被所有人轻快路过
在八面六层 51 号人间的时光
你藏了五斤白骨的花田和山海

这是你给我的传信吧　　锐痛一克就已绰绰有余
刀刻了你在云外多写的一笔根髭
孩童的心
一整天的雪呐

你不吃饭，也没看医生

1

你睁大的黑洞眼眸
一匹匹死神的鞭打
墨迹很重地枕着，早已
不能天亮的事

2

手脚冰凉，四肢空悬着
仓促投下九十四重小跑的乳名
你舍不得穿的新皮鞋，从此为你缺了贫穷的想象
——你以为新鞋能走完天边
姑娘，请看见浓烈的刻度

3

你胡乱埋下的死亡供词
钉子一样试图找你淤泥里的　　纯白骨架

痛痛快快地
我和你再到卖老豆腐的地方，安静地站一会吧
等等白云

4

请再凉一点
让我春日快马的肉身
胡言乱语地开在你如荼的骨齿发须
我们来种白花吧
在你额间山川的草场放牧

5

北风也起了
让我帮你做你想做又没能做的事
比如鸟飞上树梢，山下与春花相约
我要为你重划没来由的脚印和刻骨的妖精

乌东西

你干草式出魂的瞬间
我看见夜色古柏孤直一座坟
只有你骨瘦清白的书生忠贞
才敢于倒在猫儿桥这样的荒草
哦大风一般　　一个行人

我趁安静写了一行任流水的魂灵
让你醒来，想想要去哪儿
独自埋你手无寸铁的象骨
正午的雪　　满满落尘

我知你一身爱干净　　闲下来一定想
拆下骨头洗干净　　再蒸一蒸……
至于其他乌东西　　雪下了就好

一弯新月下边　　衣冠灰飞烟灭
火炼了
才能将你看清

51 号清单

1

长长白雪的须发,像着火了
落满日常的灰和雨水
你告诉我已有大半年没有出门理发刮须了

你饿了,空荡荡的胃已经风干
懒散地等着给祖先施以返乡的贡品
你还在等什么? 你已不记得当初温饱地走出家门
快得连下乡的菩萨也跟不上

2

凹陷的乌瞳以为可以
干干净净地枯死,没想被我们深深
看了一眼。此后难以数计的虚度时光
吃土,一次次埋你山海的年轻英俊
和额头加深的地形

3

那最后沁出的死亡泪水
听风八百遍
也不能起身回报你先死的跌倒
——有情的人彼此不能先死
菩萨要经过我们

4

等我雕塑完祖先和你生生的大火
我也卷起铺盖向西远行
谢谢你寄来人间动词
像一块石头滚下山坡
才知落了人间要用一片汪洋
翻身

5

蝴蝶啮逊的花梢
忍到今宵
一尺偏月,白茫茫
怎么也找不到桃花
走神

6

记得你素面,不出声响不用面具
死亡披八尺的毛发贴上你的尘世
落下草木虫鱼的皮囊　　颜色　　脐带

　　　　　　童心　　举足　　盲目

死亡是快的
活着很慢
但解气

疫中相死

1

或许
没有风
扭曲——猫儿桥上
如此轻盈的
死心

一场一场雪夜号啕地诀别
得有人安静地死去

2

这些话在夜半来了
像田野走来的一个男人,和他丰厚的
贡品,在草和草树和树之间
用"死"一丝不苟地命名

哦,宁静的雪

死鬼的翅膀兀自滑过

3

我将选择
最贵重的石碑

不为人知的泥灰——
就像波涛里看不见的盐和尘叶

人呢，先将泥土烧成了儿子
再将儿子烧成了灰骨

一阵风吹得灰飞尘灭
就要下午七点钟了
你还在路上走

赶快藏起你的名字

猫儿桥的别枝

1

新年一个凌晨,江东
灯火萧瘦一个的夜晚,一只长腿
的鸟在夜雾中,不明不白
顺着江河缓慢地向北
须发挂满催命的白霜回魂

为什么空夜飞去飞回的只有一只鸟的速度
我想我想,"因为有一点孤单"　　你
要安放在掘镇拉风的孤线上

慢慢的是流水,最慢的是河边的疏疏红梅
扮演一个个送信人,绣了你秘密的死期和枯瘦的夜戏

2

今夜烧荒的火在垄头溺声吐舌
埋名的父亲停在 22 点 28 分

濠北路最西头一座猫儿桥上

疫期的太平间不能把你太平地放下
像瞎子一样在江东的大街上乱画你
荒野的寸寸魄魂

——你不逃跑，周一的肱骨作证
成灰的泪水坐在地上，直呼你江东出海的俊朗和凋零
死去的，未死的都在为你招魂

听金保平讲，他和张新安今夜
在街头陪你走投无路的体温
剪吹灯裹尸的口哨
你接住浮生了断的回信吧
你跟我说说话。等天亮、我将说出我的

我，关、山在北方冬夜，南望这边那边
放声大哭你放纵扑到的故乡丧报

跟跄跄月光的脚趾钉在
单独抵达的纸灰和耿耿絮草
叶落如火的每棵树都让我措手不及

你，你你你生生投在猫儿桥刺棘的无常
在黎明，铜锣一响
满雪
赤裸的前世
一把搂在怀里

大雪

那只下雪前总来闲逛的乌鸦
总是被阳光蒙着面　　照亮
你能不能换做一个春天
替我分担分担想家的悲伤

大雪来临时
我想家的稻草
你能不能给我点燃
那是我一心一意的渔火江南

1994 荷兰。学生楼在一个大墓园入口，冬天多雪。雪晴时很多阳光，
油黑沉默的乌鸦。有感。

《1994，以在芬兰》　/2016年以

我在你的悬崖上吃草，道路平坦，寂寞和梵高的都在这里。雪吟唱
的说着一种殺未的谎言，让人不怀好意，却孤胆。

在潮湿的南方想说 梵高的美人很难。他的出手，福口，他的荡么天真
不在这里。他的美德也不在。他的羞涩不肯，我在芬兰，带着你的照片。

他的脸色一场霜另一场霜，写着异族的桃、方言、野火风溪进污血里。
像是火的一簇，鬼火飘摇。 孤魂野鬼式的恐慌。一年四季

你公式下重火燃烧的星星四脚朝天好胃口把四周吃出一片空空，更夜了我
的江南北把你哪得惨淡了形状四脚朝天。 艺术家要躬在自家的屋檐

你火鸟的方式里持一跳。累累伤痕一丝不苟，莆要的姿态悬飞行中坚之
抓牢的幸存部分。让超曲透明的瞬间有一刻车车紧紧相连的可大

我也反身一跳。天空肤浅我肤浅刻不了自己的污垢。总是一句要删
除的部分。用海也不能淹浓，诗是表家，但诗反映生活。一气呵成。

劲疏凌有象捷 径走接近你的赤裸疯狂和对人盲目强烈事神等。
但事实总是各自以实而无法分辨。没有人为你作证，没有那年的燎火舌。

我从你 派内的国度给你写信。沿着你的 写信绝我的不安。
漂的已久桥一天，我们或许会同时经过这片土地同时记集俊旧满溏如水的洁。

掌头上那个不叫梵高的人才更痨病的张张，

在荷兰

我在你的悬崖上吃草。道路平坦。寂寞和梵高都在这里。
雪对雪说着一种稻米不识的语言。让人不怀好意。

在潮湿的江南想说梵高的美人很难。他的出手、袖口、他的
　　荡荡天真不在、他风凉的才华不在。他的美德也不在。
他的确羞涩不肯。我在荷兰。

他的脸色一场霜又另一场霜。墨写着异族的桃、方言、野史，
　　风读进汗血乱发里。
像是火的一簇。鬼火飘摇。艺术家要躺在自家的屋檐才死
　　得干净。

你公式下垂。燃烧的星星四脚朝天。好胃口把四周吃出一
　　片空空。
更夜了我的江南也被你啃得没了形状。押下青花麦田的鳞
　　片。混生的无数稗子五脏血魄。

你火鸟的方式坚持一跃。一丝不苟。首要的姿态是飞行中
　　紧紧抓牢幸存的伤痕。让遗留的瞬间有了一支与童年青

草紧紧相连的碑尺。

我也反身一跳。天空肤浅,我也肤浅。到不了自己的深度。
　　这是一句要删除的部分。用海也不能编织。
诗是表象;但诗交换生活,一气呵成。

至少应该有条捷径去接近你的赤子疯狂和让人盲目觊觎的
　　罪和诗。但事实总是各自忠实而无法分辨。没人为你作证。

我从你沉闷的国度给你写信。沿着你乌有的岁岁我的不安
　　漂泊已久。有一天,我们或许会同时经过这片土地同时汇
　　集依旧涨满奶水的贞洁。唯其如此。

我在荷兰最绝望的时候也没问你生活是什么。又不是什么。
　　因为我已经不生活在里面我也不把性命的词语敲出来。磷
　　火自行填满三尺。

所有焚烧的名字那么多洁白的灰。时间的炮灰看不清时间。
　　如此受罪的灵魂。如此无辜。让我把死亡奏得甜蜜些。
　　荒诞的张力才有价值。

以后真的还有暴风雨吗? 还有突发奇想的粗鲁欲望和一只
　　耳朵的生长神气?
那是你独处的杂生大地和身外的重量。但你走得太远了,以
　　至于我失去了见你的想法。

1994.12,*荷兰*—2014

今天，我不想过生日

今天心情懒散在二月的田里
挥袖的镰刀　　描摹了疲倦的大雁
领我飞过邻家的青菜、稗草、小菊花
　　　　　　　　　　越过四十里人家
今天我把脸背向命运　　背向割禾的少年
没有长发姑娘也没有姑娘的长发掠过我的吉他

今天我只想暮晚迎风
放声唱一唱　　雨中的马、打湿鞋的旧月光
一江的渔灯　　沿路的姐姐　　载酒的字句
没有一个像我的家

唱着唱着天就黑了雨打枝上　　我的牙齿雪亮
今晚的颗粒是坚硬独自在黑暗　　稗子最终也会成酿
朝前的鬼神花蝶　　此刻只有活着一件事可做
毫无障碍地穿行着牛羊　　和
姑娘白棉的新小裙衫

一杯而已一杯而已一杯就是要爱上

一生就是这么骨肉一场
你永远看不见　　也越不过的地方

今晚　　只能是我我要喊出它的名字
一个个少年剪烛花红
坐在窗台上睡着了
说着一些　　人间无法无天的相逢……

今晚我只想灵魂中最单独的那一段
　　　　　　　　　　连我也配不上

1989—2011 巴塞罗那

为梵高

你膝下呜咽的混浊吊鬼绳索
必须要出来　　用满地的牙、匕首、火把
和一蓬草的时间窄路相拥

盐和利齿一寸寸收聚　　你不幸的呼啸
我饮过你大笑的雷场和罂粟
我饮过你刺空的星光和亡女的冠

那雪中落地的晚晴
你忘了么
麦田上迷路的影子扑向灯火
那是我荷兰野草坟的盲道和赤裸单行的阴茎

几个亡人将读这些诗行
用剩余的狂喜　　在大地深处
卖出我南方火热的客人

果然

我是单独的一行
陪你从坟墓里走出来

1995.11 荷兰

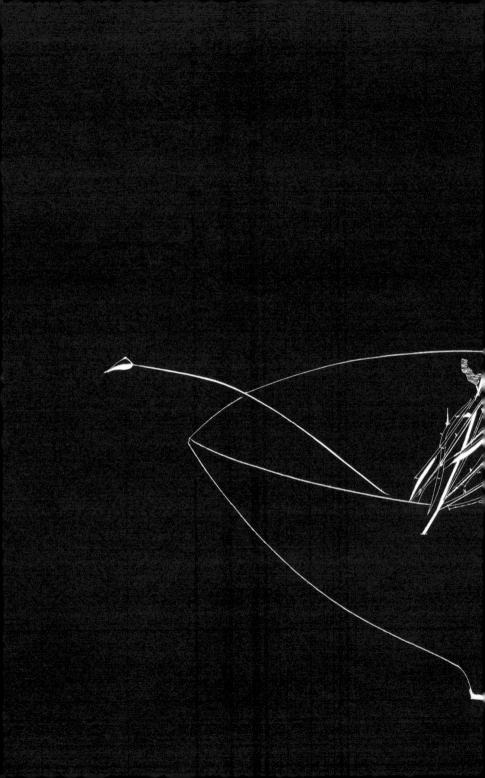

黑雪花

总是。　　想在一首诗里
读你恐惧的爱欲死亡

一面骨灰的镜子涂红阴曹的兽角

难道要为它祝福,因为我将到
深渊和它一起放声歌唱?

不,黑暗从不曾把我斟满
我若作明月——薄情的人你在哪儿,你是谁。

树心空了正好让我喊叫　　滔滔
微风的格言、象征为死添了酒兴

有一个人,谁也不曾赶上
在一个水井之乡　　化了灰的斧柯和刺骨
统统归它唱喏的朽烂代价

枯笔刈写你用旧了的轻浮之名

江东草叶变颜色

2002.4 巴塞罗那。为画布上无数的失败之作记。

无题

遗忘中先祖
生生   大于屋顶的阴影
一个风骚不来的
老灵魂

皮肉与根须   刮了毛
难以谈论   像钉子
只是因为寂寞
你就放了一把火
这灰烬的哭声太多
你是不懂……

走不完的路
就放一把火
焚烧它   石头
灵魂的屈服   和辽阔无辜的果实

这时候
缺少的就是真话

从一棵树到另一棵　　它的缄默

我将不向风骚的迷魂汤
归还
我借来的尘土刺芒

走不完的路　　我
就放一把火……

2011 巴塞罗那

根

只有擢炼非常死亡的人，才能把握（死亡的）同情
在骨头和尘土深处存活下来困难。
很困难

从盐漠里生出花来
石头在石头上
弯腰的根　　不够酸楚
不够匹配你突兀冒充的清香

一个人，死去。
像黑字抱着白纸
我要感谢死亡的芬芳？

1997.12 巴塞罗那

练习荒草

在染黑的画布上　　旷日漂泊
已经三天没说话了
成群结队的朝霞
骑着马
吃火一样　　沿着偏南的东坡
——那雪意八尺的野蛮金刚已不在骨肉上

斧落树心的回声　　已不能入目三分
谜团吗　　你要就有

我是累了　　心里闲置了几粒灰尘、刀笔
独自走出来用雪山纯白的白
描深海语无伦次的龙骨、皮囊、老虎

你就顺风把它们带走吧
那囚笼里的风点染一页页催刀的争论
沉旧的墨色多余
喷不出火种的诗
就像一笔谎言证明另一笔超验的谎言

天生一对
臭美的时候
喊他们照一照刻写在脸上的尸骨

肉眼寄生的灵魂蹄印
用了一把力,刻在脸上却没了颜色
道理就这么简单
请看好这荒野马骨敲响的亡灵
万千人不曾爱你

不对,重来:
万千人莫名炫耀着不求甚解的
爱你
深水淋漓中游荡的悲伤薄魂

那些从未堕落的人
又如何说得出你我浪荡的发心献辞

2010.1 巴塞罗那

月

光

的

肉

体

感官

1

焰火的残烬中　　我喜爱
你睁开眼
消失得无影踪的面色
蚀骨的眼梢　含着箭头
踏出随身携带的一场血
　　　　　　　　　和鲜新的四肢

满满的风　　跳着原魂
情欲的地图　　蛾冲动
不知疲倦地涂写满墙的口信
不管它们能留下来
多么多么少
合不合口味

因为迟早有一天　　满墙的荒句
让你活成剥皮的火舌

2

每一条掌纹都背得出我
棱角分明的角色
刀刻过的时光和时光的白骨
尽力保住　　赤条条地潜入太阳金针细缝
没有声息也没有光亮　　　海风（漆黑）
那是远近闻名的感官　　　和单纯

3

在一滴水中
我寻你竖起的
　　　　　　羽毛　疼痛
　　　　　　和掉下身子的骨头；

那些描写卑微的双脚
走到头　总能说点什么
翻拣成仇的树根和美丽的笑柄

当然你知道
我基本一身寒酸、谦卑地好让
　　　　那样昂贵的贡品　有它原有的样子
像个亚历山大的希腊君主胡乱的想象
一个唐朝月光开花的身子
不正当的享受　　古代的热血和乐子

那一刻　　　你看我指尖的练习单纯
　　　　　　活血止痛

4

你知道   你应该写下来
那注满蛮子的四肢和年轻

好让我们的小命也捎上你赤火的山野
            那红唇、线条   蔓延到另一座山另一条水
仿佛苍白雕像偷来的
未经梳理的感官沉骨

而我已想不起是在哪里   这赤裸的差错
                                也无关紧要
反正   要在这首诗里停下来

因为   下弦的月光照到一半
    那野麦草编的风露隔窗喊我
        今晚带回来一个故乡秋天

2011.6 巴塞罗那

月光的肉体

从口中唱出的,你不必都知情
理所当然的随身呼吸
混进一片火海
一步步的亡灵无法翻译
我只有痛饮你许了的沧海私刑

这是溺水后才知道的秘密白骨
奔跑的月光　　　　光
说它衔着一枚生,它将在何处停留

山岗、松针、落地的纸人和王冠
当你、你离去,　所有人却留下来铭刻
一次次抚摸这焦土种出来冰冷胫骨和亡灵

露白的剑气
在思念的第二页
　　　一片雪地

1990

山顶

过海的。
那个。
轻佻、段落。
每棵都长得好。很好。
要让闪电把它便宜地抹平。

1999 巴塞罗那

落草

纤细的九月下午
像老了又老的骨头

需要一句苍哑的翎花
烘托你滔滔单纯的水性和母语

放羊的哨音都会迷路的
最长的与最短的泪水一片漆黑
打马也不能来的毛刺乌鸦稻草果实
光阴一寸
念了归家

你感觉得到吗
用脚践踏过的剧雪荒草
它们对根一无所知
把白骨、蛆虫一次次
刻进快活的流水狂风

其实那是生者再一次生动地死去

2008.2 巴塞罗那

纵情生活

—

幸好有那么多回忆认出了
你刺花的偏差——
　　　　　像连根燃起的一把火
兵马杂乱不能发声

那幸存的排场
一笑无瑕

2009.6 巴塞罗那

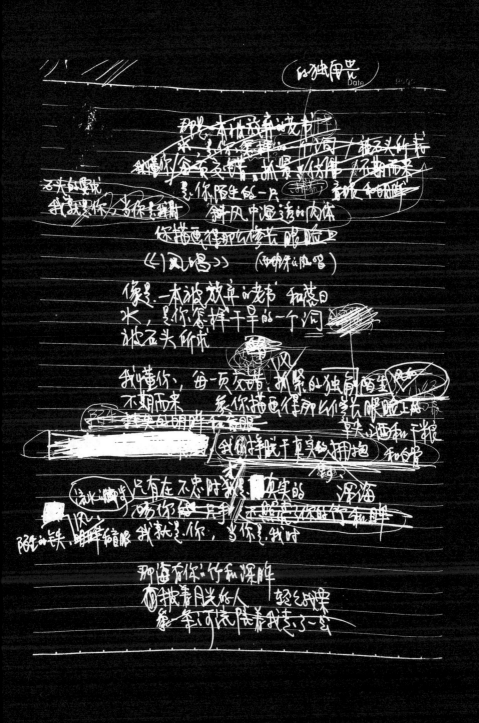

对照

乱雪的阳光洗凉黄金的脸色
我也曾这么处理过灵感
趁夜色　　　你
又用清水与目光为白菊、竹子海棠追肥美之地
卷抱你我云霄花的意图

四月只要无聊就危险
春风困着有心的七情六欲，从脚至顶练习春死的节奏
杀一段修罗难的花惊
你接听电话　　枯木无声的风景
　　　　　　　　一松手一片死光

春鸟啼了何处
破碎的胫骨

你也不知道

2021

无辜

1

至少童年就是无声的一点一点长大
无数的贞洁火眼小手、黑发、纯净阳光的镣铐……

月光一样扔了一地
像旧年的乌鸦雪一样伪装燃烧

追逐比礁石还要硬的暴烈
生念的血和禀性

靠着风,那些无瑕的痛苦、盐和石头
总想抹去献祭的火种
复仇

最后哭喊的从来不是天真

　　　　从来没有一只手　　只懂得——
　　　　一只泥手的味道

2

被自己的饥饿天真抓牢的手,至少,还享有一念之权
一念　天真毁灭的一念和谦卑

咀嚼着草与火焰,站起来就是一个乞丐
无从选择的贫穷
无关于贫穷

3

"天真"的等候面无表情。面对着自己天真赤裸的牢狱,一
　　动不动。
谁在暗影中锯断铁窗。

冰冷的石头了解被阳光染得金黄的上风。自由逃得像水。

待会儿要被淹没的就是自由了。

4

天真的果实即将滚落,它们也要腐烂。
起风了。小姑娘仍能装满一篮子梅子,随后她去市集
出售天真最隐秘的绳索。

天真也憎恶她所揭示出的东西。因为那是真天真。天真赤
　　红的悔恨。

5

一个傲慢的即兴时刻。

不会有足够的时间
可供来到记忆的童真血字

天真从来不是无辜的。
天真没有这样天然性
只有垂死的根茎骨血才能澄清……
我恰好能看清

2011.2 巴塞罗那

阁下请讲

情爱鼓鼓胀起的毒素
囫囵地咽下你公鹅的青铜

如果你没有感觉到大海污腰的化名
就没有尝到过片刻割喉的孤独

垂死中哽住的一条舌骨
是殿后

2003 巴塞罗那

缺场

打开的双腿为大风鞭火……
穿几朵白云的马裤向东
冷棱棱的许多香

代梅的北枝霎时间底雪
趁桃李少年在场，一枝枝开

有时血液荣幸地猜到
你黑夜放牢的闪电裂口
仿佛前所未见的一个礼赞
微不足道地蛮菩萨
写一场雀儿求爱的轻度狂喜

2003 巴塞罗那

客体

马下山的道路
像个颤栗的黑影
一片乱云
夜的欲求迟迟走不出脏脚的阴影

月亮黏湿的裙步被青山搂着
它跟我不一样
我有呵气就成的大笑和胡须

为雨中哞哞叫响雷电
一声叫喊
　　　　谁家的女儿
枉自开着去年的甜蜜
斧子、公牛、森林和歪曲的双乳

腐烂还如此繁忙
在光亮里不能爱的事物
呵呵　　散落了一地

2003 巴塞罗那

领唱

盲人盲目地读这些肉欲诗行
没有限度

我是单独无力的
领
唱

单独用于缝补

2003 巴塞罗那

沉默是火

我脑海里白鸦
为沉默酿成火
爬出来
呷饮一杯浮云空洞和赤裸的绳索

在你睡去的身上　　谈谈贝壳谈谈死亡
和划桨
淫感挣出地面是个麻烦

要把死亡奏成蜜的骨殖和草原干净的阳光现世
它是海　　有体面物种的记忆

一个素衣夕照的念白在空中掘个坟墓
有鸟儿狭长的心脏
岁月
我听见你手心的飞度

海风拍打梳理后的拥挤家世
你现在飞到何处？

那破晓的艰难后来是一支烟播种的卵子
二万口柔长的筋骨
却没有一个理由

姑娘姑娘　　　你的发还缠在我刀上
很多锯齿跑出来
你的肤浅　　　那么高妙
写我灵魂的香火、枯草和胸口

看　　　乌黑的刀锋倾泻在黑暗剥开的灵敏事物上

除了乌黑
不能自拔

1996 荷兰

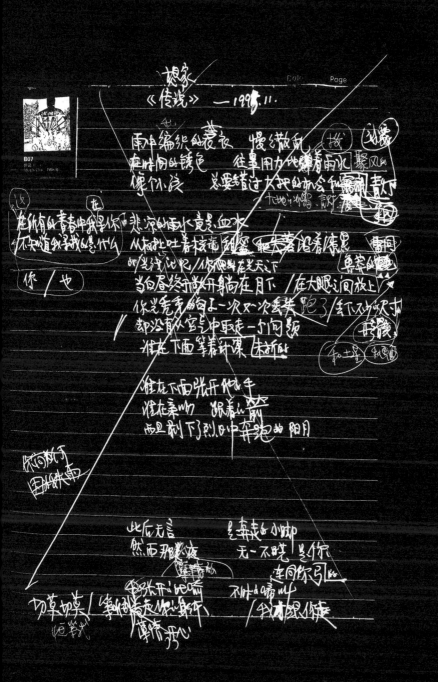

大雪后的欲望

1

身体洗净后变轻
变轻的还有盈满的走魂、片言只语、血和血的弯曲
当然你被带走了一部分
是蝴蝶来过
落日正滚下对面的江山水绿　　和埋葬

2

你的手指冰凉
像刚过雨的水珠
野乡、异生、秘劫　　旁若无人的埋葬

最隐秘的黑漆皂角
你抿紧了清白　　大雪过膝值得注目
很多人赞同你开花的方法
排山倒海的报身泥土、荒山、青蛇、芒种和祖母的犀角……

很快　　那些行走的石头稻草狗　　被深深埋葬
一千年　　也会感到它们正在爱抚的骨肉

3

一蓬枯草　　被风咬紧　　吹向
为我不能说出的　　任一种返青的方向

停止是远方　　远方比天堂还远

4

每一根草茎都有一根骨头在摇动
它摇了摇我的草帽
就走了

这茎草骨殖的还血游戏　　如果有火药　　就给我火焰
照见何物是何物
死了这么久　　也没有人将你埋葬

1994 荷兰深冬

口语的角度

1

你像敏感的野兽
望着自己留下的尖刺爪印
低头岂是草丛和膝盖尺度
后来的事　　就交给脊梁和呼吸
那么辽阔的虚词　　细雨的梅花听得懂了

2

五月的脊梁那么小　　小到单纯、枯燥
来不及左顾右盼就成了血与蜜的孤魂细软
让我想起家乡迎风的花枝
笔墨寡淡　　无意描摹

3

最孤独的种子投在肉身嘹亮的地平线
水下的灵魂用了一种飞翔　　说出了弓和树

这慵倦的晴天我想起一个女孩眉毛弯弯
她的胸中没有一点杂物　　她的朴素是方

1991

一念安生

你想让我说说体态, 性、斑马纹波荡的体香, 大口火苗。——
　　没有句号

雨敲打着腹间豪华的阴影, 每尺眼眸的驯兽词。镰刀收割着。
　　——也没有逗号

一寸之广漠。从吃惊的嘴里陡然掉落水与火的元音。一地
　　死亡的珍珠。——认真看时, 她就老了

鹰把时光的绛唇别在腰上, 血红的铁。你容得下? 我现在容
　　得下了。——无处可寻的白发

有些珍爱晦涩的词语从未触碰过大地。"从未"那是日常幸
　　存的部分。镣铐吮当作响。——所以你的手势一片片落下

我从不数你离开的脚步, 然而我听清它们依旧胀满丰收的奶
　　水。和自持。——我还偷过你日常丰收的奶水遮住的一
　　点点光

寻思的蜜,这么清,不应该去写诗。死者说话了。但它不能
　　供血说了不算。——转瞬间你朴实的嘴唇变成泥土,脊椎
　　做成陡峭的墓碑

我早知道死是容易的事。拉倒。——你一个人走得太远,已
　　不能回头捡拾你的名字、家史和沉水的星宿

2001 巴塞罗那

不。换个花样吧

你在六月读几首深冬的诗
万千重关山　　你要了一口鲜新的空气
井一样深
还有误会

现在有了箭镞拥挤的戏剧
生
那是一夜风雨敲打的灰发吧
投了差事、布衣与死亡青山
还有泊来的七莲灯

我读懂了梢头的满月　　披着雪花　　比铁硬
你读到凝冷的一枝　　带上他乡
嚼着火种
不欠死神　　不欠上苍

不
换个花样吧
也许人心要出场

2002.5 巴塞罗那

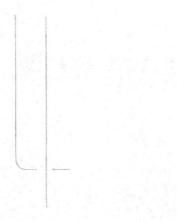

年

代

不

详

贫穷的月亮

乌贼一样散漫,伤口和忧伤
很快摸清庄重的门路

风化的老兽,一颗颗

盐
龟讖上开始自己练习
欺骗了

善变的花纹一阵阵新颖
如同抖落
墨黑的虱子
从死去的时间脱落

你猜出了前倾的灵魂
在外乡履霜的下风

一脸冰冰冷的刺和心

短题

1

通向老家的路统统被插上
抵死的标牌

踩了心坎的行脚　　和白发
一棵棵造棺的树
幸亏被藏得很紧
抵死不肯
一笔一划刻下　　你双膝跪下的尘土
你　谁是你　草木伤心的元气、撒谎的胡须

2

这些花开得太短暂
赶夜路的水面也照鉴过
你
沉入海底的盐　　和盲目的谶语

隔夜效仿摄魂的光脚
每一根都清晰落地松针

像等人的人　　　一直藏在命运的刀斧里

3

我以为就是你
一瞬间落地的桃花白云

而你并不在桃树下
　　　　　跑去看水下　　铸剑的闪电
　　　　　　　　　　　　　　和残余

那个出城的猫为你留过夜　　也落下最后一口气

4

风也把海的容貌养在对面的苍山
你眼睛的那片蓝　　一树拂过阳光的麦芒
　　　　　伤人

5

这部分暗黑
只是你一个鬈发的补丁
卖春的时间是另一颗也打了补丁的真实　　落成一朵云
是你　　海一样丰腴的叙坡

为我们交流了野草萋萋的时间
和坟头

创作时间失记

白马脱缰

你平躺的月色叫了一丝不挂的海和细盐
仿佛叫了一个孩子的纯真

闲着的风勾勒你夜岚的独角猎物
你用了一个乌木的沉重手势
我的脸跌进想象和火种
特别干净

有人说最好的手
都翻过情欲,也翻过来去
月光涂着白蛾仅活了一天的丰满供词
唱你光脚的一天　一棵草和满天的夏季
同样是尘土、剑刺、鼾声

不怀肉欲的农田盈香
大声说着一种劫毁方言
脾气修长头角峥嵘真的柔软

应该是来入怀的　　深秋的情欲今年姓山

像一个激烈的凉爽
有很多的石头、铁和他乡
你不会一次读懂几吨的嫩草(这吨草我没设计过
人字雁故意飞成一棵树里的光
像一节古罗马哀歌里冒失的嗤笑

深夜喝一口细盐水吧
那个不做声的旧人一阵风来
像一片不扎根的海浪
谁也不说出真实的名字
和拜访

马脚

1

琴身的月色　　两手空空
细细写没骨的血海烟冷,
海风也妆着远古的安宁,为我
急切地缝补
地上互不相认的影子
那是谁　　我也没问
只身打马来的尘土和肋骨

喊一嗓子风
春就笔直地死去
匆匆漫过彻骨的可耻

2

一朵野花的兽,干脆露千万丛马脚
深夜
心头一只空碗　　捧众生万物的祖先

和它灵壤水露的菊花

石头也藏不住
你盐和水的味道。

我要去收割霜降残留的
坚硬麦茬　和舌根
收割你裆下的短刀奔涌篡改的铁火锋次

C04
号志
50cm×35cm 2002 年

猎神在一夜筹
还在林中乱窜
最终纵身扑向瞌睡的你
或·你鸣响成青铜乐床

是的， 所有简单的事情
都会重新确立 至高无上的命运
（踏那） （在哪里？） 如果掌握
太不体谅人啊

太实的风把墨色的新雷
瞬刻成仪式的谋杀、 和地点 逐长优军
我有理也比音符易兴·哇醒起刀痕呈现 表明作品的力量
真你 所有出门想不起来·语句都是这种谋杀

火头的风把风情不和的墨色新雷种
刻成仪式的谋杀 和躲蔫付姜
我同春地看着只刀痕呈现的荒芜 时间 如昏大物
这虚明作品的力量 之多么沉重

是的 所有出门就想不起来的词句都是这种谋杀
无派遣 你握枪的姿式很妩媚
只飘柔是你身上

天都没暗下来

不沾的花瓣　　一阶二阶是三阶呵
我点火查看
好多叫不出名字的植物
开在指尖、石头、白象群一样的海浪
好像　　月下缁衣纵孤少年
和不染尘的蝶变想象

请让我重复一次一次
吞咽的青草和雪泥
还有一个幸存亡灵的雕琢
那泥土里的声音我能够听到

五谷四季繁殖喘息面对面
　　　　　　难免
　　　　　　羞愧
（你和屋子、门前的一棵树显得太静

天都不能认真地暗下来
月的微光只能通过现实生活的语词为你提炼

　　　潜入温腹的旧雪墨色、蛛巢和乌啼

但你除了天真地缄默和卑微

从未触碰过大地

无情

1

人对写在大地上的文字一字不读
却独从火中取独孤的刺

明天再也没有人写你的盐和孤鹤的名字
再也没有啮骨的累累伤痕

2

褪去衣衫　　每个女人怀里
（藏着一只解放了的小鸟
双眼蓝过死神的饥渴

峰乳火焰的轮廓线
梳成一棵一棵树的样子
果实之味不可测
贫穷的人啃一啃

对它稻草的问题我有问必答
那些稻草也是我正在燃烧的追问
悬头的斧刺(触着,深刻……
含一树花的名字

3

一颗珍珠　　　挣扎着想变回自己
痛苦是一只贝壳
从中聆听灵心结珠的稻草

珍珠
教会我不再信任那些有形的感动和表面事物

4

珍珠的慈悲——
骄傲地献出内心的千山万水
硬是没有抽出自己的骨头

我替你记下这无肉无骨的髓
喊下它多余吐哺的交媾　　　和偷生的贫穷

我们说着说着就说没有了

胸膛喜欢压秤的斧头
绳索很短辫编赤脚的硬骨头

比如时间、比如遥遥雨雪
颧骨上穿石的泪、热血此刻也可以杀人了
失血的喉咙轻快地呼吸
你销魂的胜率　　和消瘦
就膝盖不能变软　膝盖变软了就会溶解
……

有生有死的毁灭　　你
都不要对我说
一个人能做到的,都不要对我说

我已把人心托付给了根本不死的东西
人心想喝什么,我们就酿造什么
既然人心完全可以杀人……

无题

在埋着钻石、天空、种子
阳光和妄语游魂的小屋里接吻
配上一种人世化身的胫骨、草裙和香袖
没有一个猎物知道之后死神的角度和称呼

一次比一次
动静大了　　想不天真已来不及了

剪火的少年认真目刻海青的衣裳、乳房、脚尖的对话
汗渍兑淡的苦咸
因为过时、因为特征不详
可以尽情捕获
只有你我知道的青草、泥足　　和脱颖而出的请求

我活在无名之地
快乐是在那儿消失
痛苦也是在无名之地
面朝黄土
在云天之间,还剩下多少时间?
你迟到的孤独曾经有多么重要

洗涤

月亮
倒下来是大写的袒露
像拔掉风,拔掉天空的大笑

我抹掉东风一样的春江
刺、泥血、狂喜、弄脏的阴茎……

阁下你殿后

安格尔的长句

我在异乡人前歌唱。从抱你的左手到抱你的右手。我夜深
　　的心要说说话。本想要更多同时又别无他求。我已唱完
　　所有诞生之物的天真面目天真颜色。我把歌词镀得金黄。
　　你说为什么？

松间的风和光"骑一棵云烟飞走"，为记忆做成献祭，就是这
　　么活着。日落的时间我终于得到了太多的一切，但丁、荷
　　马、卷心菜和你。你脸上的脂粉也乱了，像被遗弃在门口
　　的枯枝。我几乎没有想过"血斧"也在那里，看着枯枝重
　　要的一部分仍在领悟。你有时一定要过去坐一下。

你里面已入夜你所是的动物兴起发疯，消散在夜雾里。还有
　　血渴。我记得，风进来。你投下一道道沙棘的刺、影。上
　　风的角度和活松帮你记下走尘土的空虚和珍珠。还有两
　　个要淹死的下星期——其实我也不是无聊地闲着，只是过
　　不起想要的欢喜生活罢了。

一个荷兰乡野冬天的消遣。没有非凡的海滩沉思，和献诗。
　　这样的写作把你引向何方？那深夜的根，在五十年五十米

《真香》

那些突然触心的爱情草籽，水火，灵魄的狐狸精
一次次在夜里

急急快步窜过一只靴
和它的急雪

不，不。

悲伤的雪陷入何夜谙到的背脊
是石头，是血肉。

一只猫鹰盯紧
夜的软房
夜幕还不够丰满

却试图抹去我躲在六尺下的浮重 ~~████~~ 忠实
请听我说
白昼也不够充实

那些俊发成鸟儿到来的掘墓人
常在坟上撒下花种、酒水和别离的凶手

我挑拣誓言，挑拣花朵，挑拣菩萨的密室
风将长夜的尖叫扎钉在我的坟上
三千里的光线刚好让我去辨认 ~~████~~
沉重的文字和秋风寒瘟 ~~████████████~~

真香诗着 ~~████~~ 野味入人境
丁香重珍重

// 2014.

~~草稿~~

的院外长出了另一种另一株饥渴的脚印。海天的焚烧相互凝望说不出一句赞美之词。风中的花,在风中说着一种更天真更难言的语言。风中的鬼魂,人都去了哪里?

我们坐在目光的入口,完全无意无识天生丽质充满了情感上的自我毁灭。最美的事物是这种尚未完成、又未能说出的事物。没有答案,又触手可及。——关于赤条条的答案这一点需要牢记,正如没有人能将完全没有烦恼的情爱写在纸上一样——我终于赤条条地来到这里。我们成群结队地前来表白连鞋也没擦。

逆光

这是海滩与死亡的时间　　顷刻相见
不用借口
灼烧的雨夜为你解开盛宴　　解开深山的金子和成熟　　凭
　　一曲酒徒的海量在蔚蓝的杯底　　八千里云路一饮而尽
　　看呀
杯底发现我们的名字和目光　　请看我们额头须眉苍苍一
　　天星月染有大海的颜色和刺芒

那不来的人　　过于年轻　　披着粗羊毛的眼神　　像已消
　　失在几十万年前草原上的那群人
满手灰草的时间
清江水匆匆把你剥成一条孤行在石河上的鱼　　仿佛刚才
　　还在溷水埋头嬉戏斜阳时节的囚徒

在你的单调逆行沉渊里　　我即刻爱上炽烈的社鼓草树死
　　亡　　那松涛枯寒的干净鸦影虚掷梅
花拔节的零　　丁韵脚　　雪花飞的时候

所有死亡都会踩着陌生人的雪过来　　成为一条条大雪纷

飞的路等着你把光线也删除

无论你愿不愿意　　天还是要黑下来
黑到手指血清和扎根的言语　　遮住真实的嘴脸
羸弱虚无的克重赤裸着风中交谈
蓄积的万千草籽、白发、污亮的膝盖……也填不满一个旧光
　　线举步投射的祭品

天越来越黑　　那些骨头上的雪粒心上的雨水松针碎花簌
　　簌落下　　仿佛地面是无尽的湖海……
我只需要在其中认出自己

比如无诗

1

一个人因完美忠实于一些无法辨认的法则而死。是一种孤忿
　　激情，而不能是真实的创作。
——风、帆也从不了解自己的对手。"从不"，就是死的悔恨呵。

2

创作中所有忠于完美完成的都是一种拘泥和救命辩白
比如哀悼。比如诗。

3

最好最危险的感觉总是由不断卜测自己脉筋的人引导
看，听，闻，尝，摸——就是上帝、序列、每个人。
从来都是这种误解的虚荣。足够了。

4

悄然泻下的生灵 ，唯出天真才万事有能。

左耳——看梵高

1

把你的影子投在高高的山岗上
投在一切有松树的地方
那些芜杂的枝影、高傲
像水里映照的一盏燃烧的灯
——这短暂效果就落到真理上吗？

我忘了你滔滔的寂寞　　时值正午七窍
拥有几把平常真实的情欲
不顾一切地雕琢流星的句子
蛇羽藤钟公鸡石头　　你全身肌肉英俊

和头发飘一会　　老练的风霜手势
那是你最后草率地兔子一跃
嚼着桃花
开满一地的真香巨树直到血流不止

是的　　你是孤独的雪（和鸦群）

你的背影就是简单
引一只猫多少的问题联想

2

关于你和土地　　许多闲话
对我瞎扯
像只穿内裤的思想干扰人、也干扰思想
缺一只孤耳听你复阳的叮嘱

木炭的乌鸦　　掠过一幅幅挥泪的贫穷
你的疯狂诞生在三月、六月……
没有尺寸
滔天的麦田骇人的太阳
不觉得羞愧吗?

3

我是你尘土的情人
带着苍白的词语追你的落脚
数你的麦色玻璃眼泪　　和乳房
　　　　　　　　那是真乳房

贫穷的愤怒使你破碎成孩子碎成卵碎成不同的器官多刺
然而　　你、你、你和你
去过城里三次　　也没穿上衣裳

那迟来的情种迟来不如永不来
为什么盐和糖、为什么浪花从不去那里

4

一个个陌生的冤家
踩着木然空洞的步脚、红艳和鬼魂
突然化为尘土　　披头散发东游西逛
那空洞空了正好喊叫浮云

那尘土不是曾经沉睡在我头顶吗　　而我曾被它环抱
化成长胡子的墨点、咸鱼和酷刑　　我要披到狼或者羊身上

我不敢另外无耻地献辞

这轻盈像乌云里的闪电
走上上坡　　走下下坡
织出你印堂宽阔的时光证据
我书写的荒林段落呢?
挟一袋黑眼泪、鹰与左耳
弹一弹　　就下雪了

须发

你已经太老了
无法自称是一个天真的人
——所有人也觉得他疯了
因为他早不能演出疯子的天真信仰

不能书生的步履杀了
一千种
赤身阅读的灵魂和乔装的卑贱
仿佛细心的月光把你又清洗了一遍

深又深
眼睛，嘴唇，靠近鬓角的石头……
那么白雪的人

我们也是如此打开躺下
漫不经心地
摇动风中的大奶……
泪水——和盐巴一起
一杯白酒的胆

以石头写下
星月，交媾，和托风的昆仑巨坟
——谁都知道，这是人在给人写信
　　给死去的人写信

《低头成镜》

涂红的嘴一直是塞满鲜花　　不会说话
你给自己枫头　　手摊摊请求画笔，短剑和琴弦……
给心爱一匹马——那是不允许的

万物俱寂

你想了一个腹痛的尘土假面从大海的泡沫为地铺捏出王子和雄
狮的姿式（我根本没有醉酒）于你有利

你想出这样的把戏鱼
好让人把你忘记
却没有个无泼泥汁泛凡的——人人都能够引用（无人能懂）

你腥味的血变成猩红的唇
笑起来　　　的水卷着　　　　取消
来来来，让我吻你光头的雪。素衣、　　　　　四肢p
落地的富兽——假她雷电打到地面上来/笔笔坏思似苍苍

你低下高昂的头/
一点点小事就可以安慰我们
偶然　　一点点小事又胡乱刺痛我们（倾刻）

胡乱的时刻来了。一个人鳖药。

2002.6.

灵魂喘息

人要隐藏起来
以便无人能猜到你
深深深藏的草茎
只有猎风的旗角动了
传一夜清香白发
浑不知朝阳的一枝
颜色渐红的谷粒开花火巢

最好的根须胡乱长出
没人知道最好

传说

雨中乱织的蓑衣　　　慢慢散乱
时间绣色　　为往事用力地拨着聚风的雨水
像个孩子　　总要无辜错过大把净身的时间
你们摘花夺目的脚步
就像星星落下的天空

所有的青春我都在寻你
你
也　　不知道我寻找的是什么黑暗的根须
悲凉的雨水竟是血水
从树梢吐着炽火霜寒的核青
沿着眉尖漆黑

光线随记忆飘落
薄情的那人爬出光天之下
当白昼终于敞开躺在月下
在大腿之间放上鲁莽的皮毛
你光秃秃相思的句子一次次跑了容颜
丢下不少湿衣的形骸无言

没有人从空气中取走一个问题
谁在下面等疾风的秋田稻叶
谁在下面张开芒草花刺的手
谁在亲吻　　跟着断肠箭

剥下了烈日中奔跑的狩衣和相约
　　　　　　一一挂好　　你悬在我心上无一刻能忘的报晓
千思万思今宵终得与你
睡一觉

此后无言　　是奔走的镀银小脚
然而那夜　　无一不晓是你
连同你的弓托起的菜钵、失眠　只不过相看一眼

张开的比喻　　不时的嘀叫
等听到野火枯草卷走你霜降的身体
我才跟你走

自己也追不上自己

编后絮语

汪家明

再一次合上冷冰川的诗稿，首先想到的是他的另一本书——《七札》。那是一本他写了二十多年，我编了十五年的书。三联书店 2019 年 9 月出版。美妙、别异、小众。五千本卖了四年。但我相信它是一本永久的书，一本比生命还长的书。那八百八十五节短语和短句，其实都是诗：

> 鸟声瘦成的一条小径里，春天长长落日脚的齿痕，咬过小操场后边的无名草花，至今不知道它的名字……
>
> 夏夜慵懒的虫鸣贴着白云……
>
> 喜欢你尘埃里开出的欢喜……

这不是诗吗？

我不喜欢故弄玄虚的文字。可是我喜欢冷冰川的"故弄玄虚"。他在《七札》中曾经宣说："我的诗意是，把最好的留着别说。"

果然，四年后，冰川要出诗集了。很荣幸，还是命我编辑。

与所有"文青"一样，他写诗很早，也许四十年了，可他不敢拿给人看。他不是诗人，而且极为羞涩。他只是迷恋文句更自由的挥洒，在刻墨疲惫时，转用字。他说："诗句是我

绘画之余,结结巴巴跑出来的天然吵闹。"

　　的确够"结巴"的。都是一闪的灵感,慌不择字。而他声言坚决保卫文稿的笨拙和错愕,乃至野蛮或吵闹。这保卫出自本能,并无道理可言。

　　我不喜欢抽象的文字。可是我喜欢冰川的"抽象"。

　　你搂紧镰刀
　　无声划出
　　雪地
　　慢慢开花的口音

　　遇血分娩的真实腐殖　和无辜
　　暮色垂落　羞于赞美

　　简直不知所云。抽象。奇崛。醒亮(冰川自语)。"镰刀－划出－雪地－开花的口音","暮色垂落－羞于赞美"——诗句、意象之间有一千里之距,却赫然并列。仔细咂摸,二者之间又能架起千里彩虹。由此产生极致之美。我想起朱自清评说丰子恺的画:"就像吃橄榄似的,老咂着那滋味。"编辑时,我喜欢一遍一遍默读。编第二稿、第三稿时,再读,又有新感。真是常读常新啊!

　　也许说"象征"比"抽象"更合适,因为单从字面来说,都是具象的、简单的:"镰刀""雪地""开花""暮色"……冰川擅于以具象表现抽象(多义内涵),颇得象征之美。"诗意"就是如此诞生。

　　与成千上万诗人相比,冷冰川不是诗人,但他的诗、他的画、他的所有文字,乃至他这个人,都有骨子里的"诗意"。所谓会写诗(现代诗的写作技巧主要借鉴了翻译诗)、职业诗人,与诗意并无什么干系。当今,没有诗意的诗,没有诗意的画,没有诗意的文学充斥喧嚣世界,它们不过是打着艺术旗号的赝品,蚕食着人们对美的认知。

许久不读诗了。编辑冷冰川的诗让我一扫艺术赝品的晦气,重温诗的美好。

2023 年 11 月 6 日　凌晨

图书在版编目（CIP）数据

一笔一划：诗九十九 / 冷冰川著 .—桂林：广西师范
大学出版社，2024 .1

ISBN 978-7-5598-6724-7

Ⅰ . ①一… Ⅱ . ①冷… Ⅲ . ①诗集-中国-当代
Ⅳ . ① I227

中国国家版本馆 CIP 数据核字 (2023) 第 244720 号

一笔一划：诗九十九
YIBIYIHUA: SHI JIUSHIJIU

出 品 人：刘广汉
特约编辑：汪家明
责任编辑：肖　莉
执行编辑：茹婧羽
书籍设计：周　晨

广西师范大学出版社出版发行
广西桂林市五里店路 9 号　邮政编码：541004
网址：www.bbtpress.com
出版人：黄轩庄
全国新华书店经销
销售热线：021-65200318　021-31260822-898
上海雅昌艺术印刷有限公司印刷
上海市嘉定区嘉罗公路 1022 号　邮政编码：201800
开本：889mm×1194mm　1/32
印张：13.25　字数：250 千
2024 年 1 月第 1 版　2024 年 1 月第 1 次印刷
定价：128.00 元

如发现印装质量问题、影响阅读，请与出版社发行部门联系调换。